池水盡墨

- 연못물 다 먹빛으로 -

마하 선 주 선 지음

❀ (주)이화문화출판사

序

噫，間嘗竊憶，自前世紀末，驟起全球化之激浪，實其方興未艾之書藝，逐漸衰落，而乃進乎今世紀，日益爲人所忘，舉國棄之如籬下弊屣，以書家一人，豈不惘然乎？

於此雪上加霜，圓大書系奔逐實用路線，以換系名，奇怪莫喻，自茲以後，純粹所求，絕無一望，以此因之難守本質，令人煎熬。況且年年歷其補充不足，蒙羞見侮。以長年淹留教授一人，那得無以失意哉！

是以，失興敎分已久，翰墨亦然，孤寂落寞。既而自以爲書者亦不理解，況餘他之人，其孰能知之哉，寫字何用，徒勞虛事之下，幾乎擱筆矣。甚至終逢系廢，其慘淡之心，何可盡說也！然而幸好，與其閑溜，寧以學文，回首而寄興詩文，聊以自遣凡已有十五個星霜也。

邇來，卽將退休，靜心思之，夫誓行書路，已過五旬，雖時與我違，遭人唾棄之由，而莫克有終，則若祖若傅，乃若後生，何面相對，何論人生！爰自去年之夏，蟄伏四侯，罕出山房也。

於焉之間，值山房日記第十輯矣。晋 衛恒「四體書勢」云，"弘農張伯英者，……凡家中衣帛，必書後練之，臨池學書，池水盡墨" 蓋慮極精專，無間心手云爾。乃取'池水盡墨'一詞，而爲此題，此乃所爲顧名思義之地耳，又以鮮克有終之訓，乃所以欲爲畢生警策之基焉。

告余春及，耕耔唯勤而已矣，不問收獲，而但願佛爺加護，只求神祇保佑以善其終而已矣。

2017 丁酉白露節於靑霞山房 宣柱善記

서

아, 요즈음 회상해보니 지난 세기말부터 세계화의 물결이 일면서 실로 흥성하여 그칠 줄 모르던 서예가 점점 쇠락하였고, 금세기에 들어 날로 사람들에게 잊혀져가고 거국적으로 헌신짝같이 버려져 갔다. 서예가의 한 사람으로서 어찌 망연하지 않았겠는가!

설상가상, 원대 서예과가 실용노선을 서둘러 쫓으면서 과 명칭을 바꾸어 괴이쩍기 짝이 없던 데다가 이 이후 순수예술을 추구하는 것 바랄 수 없고 본질도 지킬 수 없어 애를 태웠다. 하물며 해마다 충원미달을 겪으면서 부끄러움과 모멸을 당했음에랴! 오랜 세월 봉직한 교수의 한 사람으로서 어찌 낙심이 없었겠는가!

때문에 교수직에 흥미를 잃은지 오래고, 글씨 쓰는 것 또한 그러하여 홀로 적적하게 지냈다. 이윽고 스스로 여기기를 나조차 그 글씨 속 알 수 없거늘 하물며 그 밖의 사람들이야 그 누가 알겠는가 하고 글씨는 써서 뭐하며 모두 헛수고요 허사라 여기던 나머지 거의 붓을 놓았다. 심지어 그 긴 세월 동안 마침내 폐과를 만났다. 그 참담한 마음을 어찌 말로 다할 수 있었겠는가! 그렇지만 다행히 빈둥대기로는 차라리 글공부를 하자 하고 고개 돌려 시문에 의지하며 마음을 달랬으니 이미 열다섯 성상이다.

근래 정년을 앞두고 가만히 생각해 보았다. 저 서예의 길 가겠다고 맹세한지 이미 50여년, 비록 시대가 외면하고 사람들이 버렸다고 해서 끝맺음이 없다면 어찌 조상과 스승을 대하고 어찌 후생을 마주하며 어찌 인생을 논할 수 있을 것이겠는가 하고. 이에 지난 해 여름부터 다시 문방사우를 가까이 하고 좀처럼 산방을 나가지 않았다.

어언지간에 산방일기 한시집이 열 번째를 맞는다.

진 위항의 『사체서세(四體書勢)』에 "한나라의 장지는, …… 집에 있는 옷이고 비단이고 반드시 글씨 쓴 후에 누이었고 연못에 임하여 글씨 공부하기를 연못물을 다 먹빛으로 물들였다."라고 하였다. 아마도 이는 생각을 지극히 하고 정신을 오로지했음과 손과 마음에 간격이 없었음을 이르는 것이리라. 이에 그 '지수진묵(池水盡墨)'을 책명으로 삼았다. 이는 책명을 뒤돌아보면서 스승 삼으려는 것이며, 또한 시경에서 '끝맺음 잘함이 드물다'고 한 교훈을 일생의 경책으로 삼으려는 것이다.

봄이 온다고 말해주는 이 있으니 오직 부지런히 밭을 갈 뿐, 가을걷이는 묻지 않는다. 다만 부처님의 가호와 천지신명의 보우를 소원하고 기구할 뿐이다.

2017년 정유 백로절에 청하산방에서 선주선 적는다.

차 례

着手第十次漢詩集 열번째 한시집에 착수하다

噫, 此第十輯山房日記也. 蓋十乃數之終, 何無感慨哉. 然, 空
靈且置, 造意陳劣, 婉約不成, 凝鍊難得, 此亦不可自夸之事也.

向者, 書壇元老東江趙守鎬先生, 一覽拙作其五次詩集, 而評曰
"此將爲十卷, 可語可聲哉!" 然, 傳云世遠人亡, 再加十卷, 賞識
者弗瑕其在乎?

乙未 七月 吉日

아! 이는 제10집 산방일기이다. 10이란 숫자의 끝자리이다. 어찌
감개가 없겠는가. 그러나 생동은 커녕 그 의의가 진부하고 완곡과 함
축도 없고, 간결함도 없으니 이는 자랑할 만한 일이 못 된다.

몇 해 전, 동강 조수호 원로께서 5차 시집을 받으시고 이르시길
"열 권이 되면 말을 하고 소리를 내네"라고 하셨다. 그러나 옛 경전
에 이르기를 "세상은 멀어지고 사람은 떠나간다."고 한다. 다시 열
권을 더한들 이를 봐줄 이들이 아니 어쩌면 남아 있기나 할까?

을미년 칠월 첫날

1)

一紀吟詩千首臻　십여 년에 지은 시 천수에 이르렀고
竊期卷十愛凌晨　열 권을 기약하며 새벽을 아꼈다네
菲才猶不空靈得　무 재주 아직 생동감 없고
造意庸虛字句陳　착상은 무디고 자구(字句)는 진부해라

2)

元老嘗云爲足數　원로 일찍이 일러 열 권이 되면
可聲可語是凡塵　세상에 소리 내고 말을 한다 하셨네
然而卄卅雖將至　그러나 이십 삼십 권에 이른들
那得存渠賞識人　어찌 알아줄 사람이나마 있으리

觀賞百日紅 백일홍을 보고 즐기며

去年晩秋, 於益山, 采取百日紅種子, 穀雨之際, 撒布於盆, 叢
叢發芽. 乃以移植, 已長兩尺, 方放紅蕾. 夫其瓣蕊嬋娟, 朝暮觀
賞, 牧丹不羨, 無論薔薇.

我素所以惑愛者, 以其非樸非華也. 此非所謂君子彬彬乎!
乙未 七月 二日

지난 해 늦가을 익산에서 백일홍 씨를 받아 곡우 즈음에 분에 뿌렸
다. 무더기로 싹이 났다. 모종을 했는데 이미 두 자나 자라 바야흐로
붉은 봉우리를 터트렸다. 꽃잎과 꽃술이 곱고 고와 아침저녁으로 보
고 즐긴다. 목단도 부럽지 않고 장미는 말할 것도 없다.

내 본디 이를 혹애하는 것은 질박하지도 화려하지도 않아서이다.
이게 이른바 군자의 문질빈빈이 아닐까!
을미년 7월 2일

紅蕾嬋娟發　곱게 핀 붉은 꽃 봉우리
胭脂濃艶唇　연지 바른 입술이어라
芳年雖二八　방년 십육세인들
無得較彬彬　빈빈(彬彬)은 견줄 수 없으리

思南仁樹先生哀愁小夜曲

남인수선생 애수의 小야곡을 생각하며

青菴高岡先生, 卒然打電而曰, "將唱南仁樹哀愁小夜曲於歌謠
舞臺, 是時, 因以放映揮毫影像, 欲爲素材, 託詩一首."
乃作四首以送之矣.

乙未 七月 三日

청암 고강선생이 갑자기 전화를 걸어 이르기를 "남인수의 애수의
소야곡을 가요무대에서 부를 건데 이때에 휘호영상을 방영하기에 글
씨소재로 삼으려 하니 시 한 수를 부탁한다."고 하신다.
이에 네 수를 지어 보내드렸다.

을미년 7월 3일

1)

槿域歌星出	근역에 명가수 나왔으니
高低天賦聲	고음저음 천부의 목소리
詞詞訴苦切	가사마다 애절한 하소
勸慰倦民情	지친 백성 위로했다네

2)

生涯歌廿年	평생 노래 20년
一一動心絃	하나같이 심금 울리다가
希世空夭陷	불세출 허무한 요절
敎紅人眼圈	사람들 눈시울 붉혔다네

3)

哀愁小夜曲	애수의 소야곡
切切美滋滋	애절하고 감미로와라
侵奪辛酸唱	침탈의 고충을 노래하는
離情鬱悶詞	이별의 정 울민(鬱悶)의 가사였다네

4)

時局滄桑變	시국의 상전벽해
韓流震地球	지구촌을 진동하는 한류(韓流)
而今虛日忘	이제 헛되이 날로 잊혀져
枉作故哀愁	부질없는 옛 애수(哀愁)가 되었어라

贈研宇女士 연우여사에게 주다

研宇鄭聖玉女士, 從我游於墨香, 己過二紀. 奉養老母, 遊藝不嫁, 己過六十中盤也.

每遭誚呵之辭, 堪伏首貼而已, 今也, 拂拭舊習之陋, 而見個性之孤特, 其始終洗硯如一之誠, 爲人賞之矣.

六旬暮年, 方爲招待作家於書家協會, 頃初爲評審委員於某公募展. 仍爲之留念, 邀請中飯, 雅莞宋受炫外 老少十一人, 同賀於舊基洞所在咸興冷麵家. 歸家而賦五律焉.

乙未 七月 四日

연우 정성옥여사가 나를 따라 묵향에서 노닌지 어언 사반세기. 홀로 노모를 봉양하면서 출가도 않은 채, 예술세계에 노닐다 이미 60 중반을 넘겼다.

매번 꾸지람 들어도 순종할 줄만 알다가 이제사 지난날 옛 습관의 흠을 떨쳐버리고 그 나름 독특한 개성을 드러내니 그 시종 한결같은 정성으로 서예를 익혀 온 모습을 사람들이 칭찬한다.

육순 느지막이 비로소 서가협회에 초대작가가 되었고 얼마 전에 처음 어떤 공모전에서 심사를 맡았다. 이를 기념하기 위해 점심을 내 아완 송수현 등 11사람이 구기동에 있는 함흥냉면집에서 함께 축하하였다. 귀가해서 오언율시를 지었다.

을미년 7월 4일

友硯自孤身　벼루 벗 삼아 스스로 홀몸
無他技藝親　다른 기예 가까이 하지 않았네
安心天賦福　마음 편함은 천부의 복
施教自娛人　가르침 베풂을 자오하는 사람
造次惟端正　순간이라도 오직 단정하고
須臾第樸眞　잠시라도 다만 소박진실
方捐渠舊殼　이제사 옛 껍질 버렸으니
日益格刷新　날로 풍격 쇄신 있으리

見製筆課程 붓 매는 과정을 보다

　昨今兩日間, 爲之全相圭金振泰丁海漲三位筆匠無形文化財審議, 訪上道洞若仁寺洞三工房. 於是, 以文化財廳無形文化財課李相珉林承範兩先生及朴翼燦KBS制作人爲首, 與金三代子·鄭榮煥·趙圭春·孫煥一四位委員, 諦視以羊毫若獐腋所造製課程各四時間. 時時驚嘆匠人手藝爛熟, 而兼能知其製筆用具·用語次序等.
　茲後, 三周間 亦有以探訪慶尙·忠淸·全羅等三處五人. 至於終局, 則庶幾了解造筆全貌.
　凡書歷五旬, 能得初驗, 不禁感慨, 爲七絶一首也夫.

乙未 七月 九日

　어제 오늘 양일간 전상규 김진태 정해창 세 분 필장 무형문화재 심의를 위해 상도동과 인사동 세 공방을 찾았다. 이때 문화재청무형문화재과 이상민 임승범 두 선생과 박익찬 KBS피디를 위시하여 김삼대자 정영환 조규춘 손환일 등 네 분 위원과 양호와 장액필 제조과정을 각각 4시간씩 지켜보았다. 때로 장인의 능수능란에 감탄하며 겸하여 제필의 용구 용어 차서 등을 알 수 있었다.
　이 이후, 삼 주간 다시 경상 충정 전라 등 세 곳 다섯 분 탐방이 있다. 끝날 때 쯤이면 제필의 전모를 거의 알 수 있으리라.
　무릇 50년 서력에 처음 경험할 수 있었고 감개를 금할 수 없어 7절 한 수를 짓는다.

을미년 7월 9일

獐腋羊毫剛柔爭　굳세고 부드러움 다투는 노루와 양의 터럭
脫脂配合整毛精　탈지와 배합 또 정모(整毛) 정교도 하다
齊尖緊縛粘而揷　터럭 끝 가지런히 묶어 풀 매겨 꽂아놓으니
一筆揮之得縱橫　일필휘지하면 자유자재 할 것 같다

書長軸 긴 두루마리를 쓰고

東國書道會後輩車優寧大雅要請其所奉職韓國經濟新聞社社是橫額書, 自由民主主義與市場經濟之暢達混書十四字是也.

是以, 試 350×24㎝ 長軸, 而屢次失敗, 此乃山房狹隘, 又其自左而揮故也.

暑假之中, 不得已來益山, 陶韻金修煥君施助之下, 僅以完成於四年專攻室.

乙未 七月 十六日

동국서도회 후배 차우영이 봉직하고 있는 한국경제신문사의 사시 횡액글씨를 청하였다. '自由民主主義와 市場經濟의 暢達' 국한혼서 14자가 그것이다.

때문에 350×24㎝의 긴 두루마리를 시도했지만 누차 실패하였다. 이는 산방이 협소하고 또 왼쪽으로부터 써서였다.

여름방학 중이지만 부득이 익산에 와서 도운 김수환군이 보조해 주는 참에 겨우 4학년 전공실에서 완성하였다.

을미년 7월 16일

大筆長橫軸　큰 글자 가로글씨 두루마리
難哉向右驅　오른쪽으로 구사하기 어렵구나
寧教憑左手　차라리 왼손으로 썼더라면
憨厚反無拘　어리숙해도 구애받지는 않았을 것을

尋硯匠工房 벼루장인의 공방을 찾아서

　夫入本月, 曾尋到處筆匠工房, 復爲硯匠重要文化財指定調査, 昨日早晨, 與金三代子文鳳宣兩位委員, 便乘朴翼燦制作人, 來保寧, 兩日間觀察權泰晚盧載京金煥一金鎭漢等四位硯匠.
　凭此得知白雲上石之質若製硯課程, 完成而後, 試磨墨, 揮一筆, 亦爲別致. 下月末, 再尋利川及丹陽, 調査兩人, 則完畢矣.

乙未 七月 二十三日

　이번 달에 들어서 이미 도처의 붓장들 공방을 찾았고, 다시 벼루장 중요문화재 지정조사를 위해 어제 아침 김삼대자, 문봉선 두 분 위원과 박익찬 피디에 편승하여 보령에 와서 이틀간 권태만, 조재경, 김환일, 김진한 등 네 분의 벼루장인을 관찰하였다.
　이에 의지하여 백운상석의 바탕과 제연의 과정을 알았고 완성 이후 먹을 갈아보고 휘필을 하는 것도 색다른 흥치였다. 다음 달 말 이천과 단양을 찾아 두 사람을 조사하면 모두 끝난다.

을미년 7월 23일

1)
迷石醉鋒芒　돌에 빠져 봉망(鋒芒)에 취해
村隅榮利忘　촌 모퉁이에서 명예와 이해를 잊었구나
匠人惟一念　장인의 오직 일념
自在小工房　작은 공방에 그대로 서려 있다

2)
筆客愛鋒芒　필객도 봉망을 아끼지만
勞身不可方　수고로움 비할 수 없어라
無心門外事　문외의 일에 무심타가
佇念匠人傍　장인 곁에서 우두커니 생각에 잠긴다

寄嘉林女士七旬 가림여사 칠순에 부치다

前善墨會長嘉林朴順子女士, 值七旬, 邀善墨會員於舊基洞所
在紫霞門食堂, 自河丁素河會長總務, 以至於如籃女息志原, 共二
十二人會同焉.

嘉林女士而言, 性格快闊, 素有機智, 又有滑稽, 隨時令人哄然
大笑, 又能歌善舞, 多彩多姿, 常爲人欽羨同席. 非啻如此, 生理
頗裕, 好施請客, 恤窮助貧.

凡二十三年前, 結師弟緣以來, 如如臨池自娛, 已得一格, 歲月
如流, 方迎七旬, 感慨係之矣.

乙未 七月 二十五日

전 선묵회장 가림 박순자여사가 칠순을 맞아 구기동 자하문식당에
선묵회원을 초대하여, 하정 소하 회장총무로부터 여람여사의 딸 지
원이에 이르기까지 모두 스물두 사람이 회동하였다.

가림여사는 성격이 쾌활하고 평소 기지가 있고 또 유머도 있어 수
시로 사람을 한바탕 웃게 한다. 또 노래도 춤도 잘하고 다채롭고 아
름다워서 늘 사람들이 같이 자리하고 싶어 한다. 비단 이뿐이랴, 생
활도 부유해 한 턱 내기를 좋아하고 때로 궁한 사람을 돕기도 한다.

23년 전 사제의 연을 맺은 이래 한결같이 임지자오하며 이미 한
격조를 이루더니 유수 같은 세월에 바야흐로 칠순을 맞았다. 이에 감
개가 따른다.

을미년 7월 25일

1)

吾愛朴嘉林　내 가림여사 경애하니
常持賢士心　늘 선비마음 가졌기에
臨池爲獨面　글씨는 자기모습 되었고
繪畵有知音　그림도 알아주는 사람 있다네
處中生機智　장소에 맞추어 기지를 내고
時冝加一針　때에 알맞게 일침도 놓네
應將須滿百　응당 모름지기 백세라도
何以異於今　어찌 지금과 다를 리야

2)

快闊兼知性　쾌활하고 지성도 겸하고
言行印象深　언행도 인상 깊다네
滑稽呼拊掌　유머에 손뼉 치게 하고
歌唱使驚禽　노래는 새도 놀랄 지경
盈廩由陰德　가득한 창고는 조상음덕이요
溫情肇藁砧　따뜻한 마음은 바깥어른 때문이어라
人書俱老在　사람 글씨 같이 익어가니
自命福人今　오늘의 복인이라 자처할 만하다네

觀逸品展 <small>일품전을 보고</small>

畫廊H召開企劃招待展, 韓國書藝逸品展 是也. 展示期日則本
月二十二日起兩周間, 三十五人出品焉. 我亦被選而占末席, 此言
我年已不少矣.

環顧而一一細看, 各有異趣, 而於林栽右篆·白永一隷·丁海川
行·崔玟烈國文書外, 不足道也.

如今, 塗墨爲事·奴書不愧·應用追從之者 多矣, 愛墨千金·本
質所守·并筆渴求之者 極少. 眞正書家幾何, 而逸品云云, 可乎!

乙未 七月 二十八日

갤러리 H가 기획초대전을 개최하였는데 한국서예일품전이 그것이
다. 전시기간은 이번 달 22일부터 두 주간이고 서른다섯이 출품하였
다. 나도 선정되어 자리를 차지했는데 이는 내 이미 젊지 않다는 것
을 말하는 것이리라.

돌아보며 하나하나 세심히 보니 각자 다른 취향이기는 하지만, 임
재우전서 백영일예서 정해천행서 최민렬한글 외 족히 이를 것이 없
다.

오늘날, 먹 바름을 일삼고 노서를 부끄러워하지 않고 응용의 추종하는 사람은 많되 먹 아끼기를 천금같이 하고 본질을 지키고 글씨와 문장을 겸하기를 구하는 사람은 지극히 적다. 진정한 서가가 몇이기에 일품운운이 가한 것인가!

을미년 7월 28일

光發皆非金語傳	빛난다고 다 금이 아니라는 말이 전하듯이
奈何水在獨深焉	어찌 다만 물이 깊음에 있는 것이겠는가
書家寥若晨星際	거론할 만한 서가 새벽별 같이 드문 지금
僭名逸品展虛筵	외람된 이름 일품전이요 공허한 자리여라

見象柏思中國今日書界

상백을 만나 중국의 오늘 서예계를 생각하다

象柏申鉉京君暫時歸國, 加朴世京洪韓輝, 會同仁寺洞. 觀逸品展, 尋覓酒家, 白晝中賢, 以爲紅面.

於是, 竊聞於申君, 韓天衡所刻一方, 可收五千萬圓云. 與今我國一人者石軒林栽右先生不忍比之, 何啻天壤, 啞然失愕, 難以啓齒.

噫! 今華之況 眞正之遇乎, 抑爲泡沫乎?

乙未 八月 二日

상백 신현경군이 잠시 귀국하여 박세경 홍한휘를 더하여 인사동에 회동하였다. 일품전을 관람하고 술집을 찾아 대낮에 탁주에 취하여 붉어진 얼굴이 되었다.

이때 신군에게 들었다. 한천형은 전각 한 방에 5,000만원을 받는단다. 오늘날 우리의 일인자 석헌 임재우선생과 비교하기가 민망하다. 천양지차가 이만저만이 아니어서 입을 뗄 수도 없다.

아! 오늘의 중국서단 진정한 대우일까 아님 거품일까?

을미년 8월 2일

1)

開放中華越卅年	중국 개방 삼십여 년에
書家位相陟無邊	서가 위상 그지없이 올랐네
勞金收價沖霄似	작품가격 하늘을 뚫을 듯
不羨齊璜張大千	제백석 장대천이 부럽지 않다네

2)

篆刻如今亦復然	전각도 똑같아
方家要價漫天傳	대가들 호되게 부른다 하네
或吳他日如何見	혹 오창석은 훗날 어떻게 여길까
氣餒吾人枉望天	풀죽은 우리야 하늘만 바라볼 뿐이지만

游甫吉島 보길도에서 놀다

迎夫暇期, 早晨離家, 與蓮心行金南希女士, 之羅州其親家, 借車其妹知淑女士. 少焉, 經由月出山麓及海南莞島一帶, 乘船花興浦, 下船所安島, 渡甫吉大橋, 方到芙黃里.

於是, 先尋樂書齋曲水堂等尹善道遺蹟而環顧, 再尋禮松海邊而逍遙.

翌日, 訪尹善道園林內洗然亭而徘徊, 再經宋時烈詩所刻巖壁而苔中識字, 復向恐龍卵海邊, 而撫石礫, 坐看雲起.

中食後, 向珍島, 車窓外其溫度凡三十七度時也.

乙未 八月 五日

휴가철을 맞아 이른 아침 집을 떠나 연심행 김남희여사와 나주의 친가에 가서 그 동생 지숙여사에게 차를 빌렸다. 얼마 후 월출산 산록과 해남 완도일대를 경유하여 화흥포에서 배를 타고 소안도에서 내려 보길도를 건너서 이윽고 부황리에 도착하였다.

이 때, 먼저 낙서재와 곡수당 등 윤선도의 유적을 찾아 둘러보았고 다시 예송해변을 찾아 소요하였다.

다음날, 윤선도의 원림 내 세연정을 찾아 배회하고 다시 송시열시를 새긴 암벽을 찾아 이끼사이 글자를 식별하였다. 다시 공룡알 해변으로 향하여 자갈돌을 어루만지며 앉아 구름 이는 모습을 바라보았다.

중식 후 진도로 향했는데 차창 밖의 기온이 무릇 37°의 때였다.

을미년 8월 5일

方尋甫吉　처음 찾은 보길도

向來欲覓芙蓉洞　줄곧 부용동 찾아
而盡騁懷遊目窮　유목빙회(遊目騁懷) 다하고 싶었는데
千里綾羅如是遠　천리능라도 이리도 멀었던가
暮年始訪撫文風　느지막이 이제와서 문풍을 돌아본다

游洗然亭　세연정

名需遺興洗然亭　큰선비 맘 달래던 세연정
松老風霜久飽經　소나무 늙어지며 오랜 풍상 겪었구나
因避黨爭孤隱野　당쟁 피해 홀로 숨어든 초야
悠然自得擧詩情　유연자득 온통 시인의 마음이었을 터

樂書曲水　낙서재 곡수당

書齋寥寂咿唔絶　적막한 서재에 글 읽는 소리 끊어지고
炎下臨風生硬椽　더위 속 바람맞는 생경한 석가래들
曲水堂前空佇立　곡수당 앞에 우두커니 서가지고
低頭又自擧頭連　고개만 숙였다 들었다 하노매라

尤庵詩痕　우암시흔

千仞斷崖巖石壁　천 길 낭떠러지 암벽에
苔中幾字克風霜　이끼 속 글씨들 풍상을 이겨왔네
回頭望海思靑史　고개 돌려 바라보며 역사 속 생각하니
宿敵流芳同島坊　숙적이 한 섬마을에 같이 이름 전한다

探訪珍島 진도를 탐방하다

　昨日, 赤日炎炎, 出所安島而後, 經由莞島邑內, 沿海南木浦路, 馳騁而渡珍島大橋. 經過邑內, 先尋回洞茅島兩里間所生云云神秘之海路.

　今日巳時, 適彭木港, 焚香世越號犧牲者, 遠望孟骨水道. 於是, 櫛風無盡於無數黃色綢帶, 忽然海猪一雙, 浮沈堤坊下, 徐徐消匿. 莫非欲以慰藉魂靈而來乎!

　維後英靈, 向雲林山房, 觀覽小痴常設展, 境內徘徊, 復向邑內, 訪素筌美術館, 鑑賞遺作. 又欲見其休作碧波津戰捷碑銘, 鞍轡一轉, 到鳴梁海峽, 而觀大碑. 果不其然, 名下無虛. 少焉, 後鳴梁流速, 向羅州. 三日風光走馬燈似掠過眼前.

乙未 八月 六日

　어제 뜨거운 뙤약볕에 소안도를 나온 후 완도 읍내를 경유하여 해남 목포를 따라 내달려 진도대교를 건넜다. 읍내를 지나 먼저 회동리와 모도리 사이에 생긴다는 신비의 바닷길을 찾았다.

　오늘 9시쯤에 팽목항에 가서 세월호 희생자에 분향하고 멀리 맹골수도를 바라보았다. 이때에 무수한 황색리본에 빗질바람 끝없는데 홀연 돌고래 한 쌍이 제방 아래에서 부침하다가 서서히 사라진다. 설마 혼령을 위로하러 온 것인가!

　영령을 뒤로하고 운림산방으로 향하여 소치 상설전을 보고 경내를 배회하다가 다시 읍내로 향하여 소전미술관을 찾아 유작을 감상하였다. 다시 소전의 걸작 벽파진 전첩비명을 보려고 차를 돌려 명량해협에 다달아 대작의 비를 보았다. 아니나 다를까 명불허전이다. 얼마 있다가 명량의 유속을 뒤로하고 나주로 향했다. 삼일 간 풍광이 주마등같이 눈앞에 스친다.

을미년 8월 6일

神秘海路 신비의 바닷길
春分開海路　춘분에 열리는 바닷길
五里許年年　해마다 오리쯤
牟世來作做　모세가 와서 만들었나
應然造物宣　조물주가 베풀었나

彭木血淚 팽목항의 눈물
港口命名娟　항구이름 아름답건만
英靈反可憐　영령들 가여워라
奈何奇怪事　어찌 기괴한 일이
血淚枉催焉　눈물을 최촉하는가

雲林山房 운림산방
雲林鳥頡頑　운림에 새 날고
水墨守山房　수묵화 산방을 지키누나
幽靜風光好　그윽이 풍광 좋아
留連世事忘　눌러앉아 세상일 잊는다

戰捷碑銘 전첩비명
素鷺同時在　소전 노산 동시에
文壇書界樑　문단서단의 들보들
雙全碑刻露　쌍전(雙全)이 비각에 드러나고
字字聖雄揚　글자마다 성웅(聖雄)을 선양했네

宿羅州 나주에서 묵다

凡三日間, 漫遊甫吉莞珍三島, 返回羅州, 環顧市內, 宿南希女
士母親公寓. 此時在丙戌二月, 其弟萬載入伍之際一泊多侍面松
村里所在舊屋後十年矣.

夫十五年前, 金南希女士見於首尔美協, 漫長之間, 友好相處,
如息如弟如友. 昊延尙佑已有面識, 不異家眷. 人間之事只隨因緣
法而已矣.

乙未 八月 七日

삼일 간 보길도 완도 진도를 만유하고 나주로 돌아와 시내를 둘러
보고 남희여사 모친 아파트에서 묵었다. 이는 병술(2006)년 2월 그
의 동생 만재가 입대할 즈음 다시면 송촌리에 있는 구옥에서 묵은 지
10년만이다.

무릇 15년 전 김남희여사를 서울미협에서 만나 오랜 동안 서로 잘
지내기를 자식 같고 동생 같고 벗 같다. 호연이 상우도 이미 면식이
있어 식구와 다름없다. 인간의 일 다만 인연법을 따를 뿐이다.

을미년 8월 7일

1)

羅州由緒深	유서 깊은 나주
退色自寥憎	퇴색하여 절로 텅 비고 고요하다
命道於斯肇	도 이름 이에서 비롯되었건만
湯梨聲枉岑	곰탕과 배 명성만 우뚝하다

2)

人間相處好	사람 간 좋은 사이
何不勝千金	어이 천금보다 낫지 않으랴
如友如兄弟	친구 같고 형제 같아
常隨歡喜心	늘 환희심 따르는구나

講駱賓王在獄詠蟬并序

낙빈왕의 '옥에서 매미를 읊고 아울러 서문을 쓰다'를 강의하고

比來每土曜, 講五言律詩於善墨會, 駱賓王在獄詠蟬并序爲其輪次也.

此詩而言, 別有意義於我, 則向者詠詩之初, 所以期得乎治詩并序之意, 正由看乎此詩而生故也. 解讀頗難, 曾爲切學之緒, 過二旬於今, 可讀而敎, 聊以鎭愁矣.

乙未 八月 九日

요사이 매주 토요일 선묵회에서 오언율시를 강의하는데 낙빈왕의 '옥에서 매미를 읊고 서문을 아우르다'가 순서가 되었다.

이 시로 말하면 나에게 특별한 의의가 있다. 즉 전날 시 짓고 서문을 아우르자는 꿈을 품은 것이 바로 이로 말미암았기 때문이다. 해독이 자못 어려워 일찍이 절실한 배움의 단서가 되었는데 20년이 지난 지금 읽어 가르치니 애오라지 근심을 푼다.

을미년 8월 9일

1)

賦詩并序因何故　시 짓고 서를 아우름 왜일까
莫是心胷未盡否　아마도 심흉을 다하지 못해서가 아닐까
往日難追尋義理　전날 깊은 뜻 추심(追尋)하기 어렵더니
而今了解足鎖愁　이제 풀어 읽어 족히 근심을 녹인다

2)

須爲并筆懷襟素　모름지기 병필(并筆)을 가슴에 품어
魚水同歸由是猷　물과 고기같이 함께함을 이로써 꾀했다네
曾遇眞詮猶不懇　일찍이 참 소식 만났어도 간절하지 않았다면
險乎玩巧自娛求　하마터면 재주가락으로 자오함 구했으리

日稀筆匠 날로 드물어지는 붓장

筆匠重要無形文化財保有者認定調査次, 自七月八日, 以至今月
十三日, 尋全國筆匠工房. 夫以首尔全相圭·金振泰·丁海漲爲首,
礪山郭鐘敏·光州安明煥文尙鎬·曾平柳弼茂·蔚山金鍾春·大邱李
仁勳等, 凡九人是也.

聞道, 韓國因以溫暖, 已近亞熱帶, 而不得黃鼠尾之長毛, 牙獐
幾乎泯滅, 又無得捕獲, 白羊無效保身而不養, 幾盡疆土, 不得不
依中國蒙古所産之毫. 雪上加霜, 我國書藝零落甚矣, 需要日少,
匠人生理日縮, 兼爲難求後繼之況.

全般觀察, 技藝大同小異, 各有所長, 黃毛獐腋細筆丁氏爲優,
羊毛無心筆全柳兩人知之而已. 然, 所謂無形文化財, 須以見選其
人品實力雙全之者, 靜觀結局耳.

乙未 八月 十八日 報告書送之後

필장 중요무형문화재 보유자 인정조사를 위하여 7월 8일부터 이번
달 13일까지 전국의 필장공방을 찾았다. 서울의 전상규 김진태 정해
창을 위시하여 여산의 곽종민 광주의 안명환 문상호 증평의 유필무
울산의 김종춘 대구의 이인훈 등 9사람이 그들이다.

듣자하니, 한국이 온난화로 인하여 이미 아열대가 되어 족제비 꼬
리털을 쓸 수 없고 노루는 거의 사라졌고 또 포획할 수 없으며, 흰염
소는 보신에 효과가 없어 기르지 않아 강토에서 거의 사라져 부득불
중국 몽고산 터럭에 의지한다고 한다. 설상가상 우리나라 서예가 시
들음이 심해 수요도 날로 적어지고 장인들 생활도 날로 나빠져 이미
후계자를 구하기 어려운 지경이 되었다고 한다.

전반적으로 관찰하니, 기예는 대동소이하고 각자 소장이 있지만 황모장액의 세필은 정씨가 낫고 양호무심필은 전씨 유씨가 알 뿐이다. 그러나 소위 무형문화재는 모름지기 인품과 실력이 겸전해야 뽑히기에 귀추를 지켜볼 뿐이다.

을미년 8월 18일 보고서를 보낸 후에

匠人製筆一生營	장인들 붓 만들기 일생을 경영하여
自負而嘆甲乙爭	자부심과 한탄 속에 갑을을 다투누나
黃鼠尾毛溫候短	족제비 꼬리털 기후 때문에 짧아지고
黑羊膩肉保身牲	검은 염소 기름진 고기 보신으로 희생되네
漸稀毫末尖齊秀	터럭 빼어난 뾰족함과 가지런함 점점 드물고
日少毛根圓健精	붓 정세한 등급과 굳셈 날로 적어지네
生理亦難無後繼	생활 또한 어려워 이을 사람 없다기에
悵然自況不勝情	처연히 나를 비교하려니 이 맘 가눌 수 없구나

參加初等學校漢字教育促求國民大會

초등학교 한자교육촉구 국민대회에 참가하여

社團法人語文政策正常化推進會, 擧行初等學校漢字教育促求國民大會於新聞會館.

我亦占末席, 聽李漢東前總理開會詞外, 沈在箕·金允溟·慎正花·王元根先生諸位講演. 末了, 以萬歲三唱畢之, 不知已過四時間矣.

於是, 三百餘名士滿座, 擧皆白髮蒼蒼, 大爲震驚. 意者, 若數年內, 不得使推進漢字公敎育, 則恐不可期明若看火.

彼呼喊國文專用之輩, 應知漢字本非日政及事大殘滓, 勿說國文惟國字若漢字脆弱於情報化. 日用英字獨爲吾不關焉, 日用漢字何以兩眼起火乎!

乙未 八月 二十一日

사단법인 어문정책정상화 추진회가 초등학교 한자교육촉구 국민대회를 신문회관에서 거행하였다.

나도 말석에서 이한동 전총리의 개회사와 심재기 김윤명 신정화 왕원근선생 제위의 강연을 들었다. 끝으로 만세삼창으로 끝맺었는데 이미 네 시간이 흘러간 것도 몰랐다.

이때에 300여 명사가 자리를 메웠는데 모두가 백발이 성성하여 크게 놀랐다. 생각건대 만약 수 년 내에 한자교육을 추진시키지 못하면 아마도 기대할 수 없음이 명약간화하다.

저 국문전용을 부르짖는 무리들은 응당 한자가 본시 일정과 사대의 잔재가 아님을 알아야 되고, 국문만이 국자라는 것과 한자가 정보화에 취약하다고 말하지 말라. 날로 영문글자가 사용되는 것은 유독 오불관언하면서 날로 한자를 쓰자는 데는 어찌 두 눈에 쌍심지를 돋우는가?

을미년 8월 21일

漢字本吾字　　한자는 본시 우리글자
排斥固荒唐　　배척이라니 황당토다
於焉五十載　　어언 반세기
復初而難匡　　처음으로 돌아가 바로잡기 어렵구나
人生忽文字　　사람이 나서 문자를 경홀히 하면
造次思惟喪　　금방 사유(思惟)가 없어지나니
時乎向四海　　때는 세계로 향할 때거늘
日敎小肚腸　　날로 밴댕이 속 만드누나

國文專用輩　　저 국문 전용론자들
良心正不良　　양심 정말 불량토다
若無認識轉　　만약 인식전환 없으면
母語處存亡　　우리국어 존망에 처하리라
童枉可憐極　　아이들 부질없이 가련코나
聰明爲面墻　　총명을 면장(面墙)이 되게 하니
英字滿到處　　영문글자 도처에 가득해도
奈何只觀望　　어찌 관망만 한다드뇨

國家知時措　　국가도 때맞춰 조치할 것 알고
公益自堂堂　　공익에 스스로 당당해야 하리라
回復公敎育　　공교육에 회복하여
機會付應當　　기회를 부여함이 응당
勿言文盲律　　문맹률 따위 말하지도 말라
解讀不得詳　　풀어 읽음 상세하지 못하나니
學乃愈少好　　배움은 어릴수록 좋은 법
勿使長悲傷　　자라서 슬프고 마음 쓰리게 하지 말라

畢硯匠重要無形文化財指定調査

벼루장 중요무형문화재 지정조사를 마치고

伏中炎夏, 爲硯匠重要無形文化財指定調査, 上月二十二日起
與 金三代子李在珣孫煥一文鳳宣等四位委員, 會同而參觀, 對象
者則保寧權泰喚盧載京金一煥金鎭漢·利川申根植·丹陽申明植等
六匠人是也.

趁以此機, 感知匠人生理之難及製硯之苦, 又知保寧白雲上石
若丹陽紫石之優質.

近間, 用硯日少, 大致墨汁用之, 匠人名硯徒置於展示館而已,
尤其傳受者非其血肉, 則以難求. 國家欲以指定無形文化財. 良有
以也.   乙未 八月 二十八日

복중염하에 벼루장 중요무형문화재지정조사를 위하여 지난달 22
일부터 김삼대자 이재순 손환일 문봉선 등 네 분 위원과 회동하여 참
관하였다.

대상자는 보령의 권태만 노재경 김일환 김진한 이천의 신근식 단
양의 신명식 등 여섯 장인이 그들이다.

이 기회를 틈타 장인의 생활의 어려움과 제연의 고충을 감지하였
고 또 보령의 백운상석과 단양자석의 바탕도 알았다.

근자에 벼루사용이 날로 줄고 대체로 묵즙을 써 장인의 명연은 다
만 전시관에 놓아둘 뿐이요, 더욱이 전수자가 혈육이 아니면 구하기
어렵다. 국가가 무형문화재를 지정하려는 것이 실로 이유 있다.

을미년 8월 28일

文人常貴硯　문인들 늘 벼루를 귀히 여겼고
惑愛匠佳工　장인의 아름다운 기예를 아꼈다네
往做磨心物　지난 날 마음을 갈던 것이
今爲盛汁筒　이제는 묵즙 담는 통이 되었네
工房雖盡力　공방에서 비록 온 힘 다해도
用者那知悾　쓰는 사람 그 정성 알 리 있나
墨色方人惡　먹색을 바야흐로 싫어하는 세상
無形有以行　무형문화재 지정 이유 있음이로다

隨因緣法 인연법을 따라

　昨日薄暮, 爲韓國書藝家協會五十周年展所出品大作裝潢, 經百家房, 與雲臺居士會同於小地板食堂. 於是, 呼出河丁, 遠在而不來, 適從平川來電而同席, 暫後, 意外紫甕獨來而夾住. 少焉, 朴良才書家協會會長及梅堂柳惠善女士忽來而占鄰座, 霎時間座中識者爲半.

　人間相逢, 或謀而不成, 或不圖而成, 總是隨因緣法也已.

乙未 九月 吉日

　어제 저녁나절 한국서예가협회 50주년에 출품할 대작의 표구를 위해 백가방에 들렀다가 운대거사와 툇마루식당에서 회동하였다. 이때에 하정은 호출했지만 멀리 있어 오지 못하고 마침 평천에게 전화가 와 동석했고 잠시 후 의외로 자옹이 홀로 와 옆에 앉았다. 얼마 후 박양재 서가협회회장과 매당 류혜선여사가 문득 와 옆자리를 차지하여 삽시간에 좌중에 아는 사람이 반이 되어 버렸다.

　인간의 만남 혹은 꾀해도 이루어지지 않고, 혹은 도모하지 않아도 이루어지는 것 모두가 인연법을 따르는 것이다.

을미년 9월 첫날

萬有因緣法　만유는 인연법
微塵在所從　미진이라도 따르는 법
雪泥鴻指爪　눈펄에 기러기 발자욱도
非是偶然鍾　우연히 모인 것이 아니다

寫隷書大作 예서 대작을 쓰고

上月末日, 爲韓國書藝家協會五十周年展, 新詩二首以隷寫之,
又幷序以行揮之, 完成 210cm × 120cm 之大作.

大抵昨今隷書而言, 一中先生一新舊態, 如初先生法書無雙而
後, 別無刮目, 而松下居士 以張遷·禮器·漢簡·陵碑·秋史·如初
等諸法, 融會貫通而入於妙境, 我常謂秋史後第一云爾.

噫, 我亦嘗聞善隷已久, 益京往來三旬, 敎人爲足, 而無以沒
入! 松下居士曾罷敎分, 一旬日夜探究之餘, 竟拓新境.

噫, 余之蹉跎玩愒, 令人拊膺也.

乙未 九月 二日

지난 달 말일, 한국서예가협회 50주년전을 위해 새로 지은 시 두
수를 예서로 쓰고 또 서를 아울러 행서로 써서 210cm × 120cm의 큰
작품을 완성하였다.

대저 작금의 예서로 말하면 일중선생이 구태를 일신하였고 여초선
생의 법서가 짝이 없었던 이후 별로 괄목할 것이 없다가 송하거사가
장천 예기 한간 광개토왕릉비 추사 여초 등등의 법들을 융회관통하
여 묘경에 들었다. 나는 늘 추사 이후 제일이라 이른다.

아! 나 또한 예서 잘 쓴다고 들은 지 오래인데 익산 서울 왕래 30
년에 가르치는 것으로 족히 여기고 몰입함 없었구나. 송하거사는 일
찍이 교분 내려놓고 십년을 밤낮 연구하여 마침내 새 경지를 열었다.

아! 허송한 스스로의 잘못이 가슴을 치게 한다.

을미년 9월 2일

1)

胷中成隸字　흉중에 예서 이루어도
竪畫直爲難　세로획 곧기 어렵고
橫乃平無易　가로획 수평이 쉽지 않으니
成之間架安　이를 이루면 간가 편안하리라

2)

計白亦爲難　여백 감당 또한 어려우니
徒勞間距完　한갓된 완정한 간살이로다
虛虛和實實　허허실실의 조화
當墨次爲干　먹의 감당은 그 다음 일

3)

難解難窮在　이해도 추구도 어려운 것 있으니
光芒滋潤盤　빛과 윤택의 서림이어라
苟能神韻發　만일 신운이 피어난다면
妙奧自驚歎　오묘에 절로 경탄하리라

4)

眞諦能知久　진리를 능히 안 지 오래
三旬啻賞觀　30년을 감상과 관망 뿐이었다니
轉頭稀黑髮　어느새 검은 머리 드물어졌지만
餘力晩迎歡　여력으로 느지막이 기쁨 맞으리

雨淚難分 비인지 눈물인지 분간할 수 없구나

値開講, 校庭風定, 廢科騷擾亦平息矣. 諸生向學, 其睛明澄, 頗爲慰安, 而望空曠之室, 悽然無已.
　授業罷後, 沿細雨農路, 回還黃登, 一片哀怨, 不覺流淚. 兩顋之流雨水與? 抑血淚與?

乙未 九月 三日

　개강을 맞아 교정엔 바람 자고 폐과 소요 또한 끝났다.
　학생들 공부 향한 눈빛이 맑아 자못 위안이 되면서도 텅 빈 교실 바라보면 처연함 그만둘 수 없다.
　수업을 마치고 가는 비 오는 농로를 따라 황등으로 돌아오는데 가득한 슬픔과 원망에 나도 모르게 눈물이 난다. 두 뺨에 흐르는 것이 빗물인지 눈물인지…….

을미년 9월 3일

諸生亮眼睛　학생들 눈동자 맑아도
我獨憫憐情　딱하고 가여운 마음일 뿐
速速親朋遠　속속 친구는 멀어지고
蕭蕭寥澗盈　횡횡 쓸쓸함 가득하고
用功前路塞　노력해도 전도는 막혀 있고
憤發苦心賡　분발해도 고심만 이어지는구나
雨路凝思步　생각에 잠긴 걸음걸음
徒然雨淚縈　공연히 빗물 눈물 엉킨다

看一專欄 한 컬럼을 보고

高神大某席座敎授寫夫所以較人不絕之韓國人不能不爲不幸之一文於本月四日字首爾經濟新聞35面.

於玆, 先言其立身揚明之儒敎觀念造成韓國人使自所以爲不幸, 孝經所云其孝之始終助長競爭心理. 復言其欲爲有名, 當爲一等, 故若非最上, 則以爲不幸, 其本源在於如此通念云云

大抵七十七歲基督敎名士成見如此, 淺嘗而孤傲, 使余不覺悽然, 而自出嗔罵之嗔心焉. 豈其當初不知斯文在玆, 亦不知孝之一字也已.

乙未 九月 五日

고신대 모 석좌교수가 이번 달 4일자 서울경제신문 35면에 '남과 비교하는 것을 끊지 못하는 한국인 불행하지 않을 수 없다'란 기사를 썼다.

여기에, 먼저 "입신양명의 유교관념이 한국인에게 스스로 불행하게 되는 바를 조성하였고, 효경에서 말하는 효의 처음과 끝이 경쟁심리를 조장했다"고 하였다.

다시 이르기를 "유명해지고자 하고 응당 1등이 되어야 하기 때문에 만약 최고가 아니면 불행하다고 여기는데 그 뿌리는 이 같은 효경의 통념에 있다"고 하였다.

대저 77세의 기독교 명사의 선입견이 이와 같고 얕은 공부로 난체 하는 것이 나도 모르게 처연해져 절로 성나고 욕이 나온다. 진실로 애당초 선비도 모르고 효도 모름이로다.

을미년 9월 5일

孝者眞宗訓　효란 참된 으뜸의 가르침
根源百行中　백행의 근원이거늘
掃地斯文久　선비가 땅에 떨어진지 오래러니
孤傲面墙空　무지가 난 체 하는 것 헛되구나
成見似老保　선입견 마치 완고한 보수 같고
淺嘗亞童蒙　짧은 공부 동몽에 버금이어라
何須枉嗔怪　하필 부질없이 꾸짖으랴
執氷咎夏蟲　얼음을 들고 여름벌레에게 모른다 탓하는 격이니

改舊詩附一首

젼에 지은 시를 고치고 한 수를 덧붙이다

壬辰(2012)七月, 游雲南省昆明時, 吟荷花日, 若非陽傘如執
扇 瓣蕊紅黃似紫宮. 過雨淸風吹不盡, 隨風出馥遠無窮. 優雅姿
態堪仙子, 樸素鮮光勝彩虹. 大塊那邊無長處, 緣何秀獨出泥中.
昨日爲書藝家協會五十周年展, 欲作小品, 此詩書之, 有平仄之
瑕, 復改若干, 又添一首. 爰寫其前者而成之矣.

乙未 九月 十二日

임진(2012)년 7월, 운남성 곤명에서 놀 때에 연을 읊어 이르기를

"만약 양산이 아니면 비단 부채라 하리라,
　붉은 꽃 노란꽃술 신선궁 같다.
　비 지나고 맑은 바람 끝없이 불고,
　바람 따라 향기 내어 가없이 멀어라.
　우아한 자태는 선녀 방불하고
　소박한 빛은 무지개보다 나아라.
　천지에 어딘들 자랄 곳 없으련만,
　어이해 유독 진흙에서 나와 빼어난고."

어제 서예가협회 50주년전을 위하여 소품으로 이 시를 쓰려고 하
는데 평측에 하자가 있어 다시 약간 고치고 또 한 수를 더하였다. 이
에 앞의 것을 써서 완성하였다.

을미년 9월 12일

1)

葉非雨傘須團扇　큰잎 양산이 아니면 모름지기 부채여라
瓣蕊紅黃似紫宮　붉은 꽃잎 노란수술 신선궁이 따로 없다
雨歇蟬爭鳴不止　비 그치고 다투는 매미울음 그지없고
風吹香遠送無窮　바람 불어 먼 향기 다함이 없다
嬋娟姿態方仙子　어여쁜 자태는 선녀 같고
幽雅鮮光勝彩虹　우아한 빛은 무지개보다 나아라
大塊那邊敎不長　천지에 어딘들 자라지 못하게 하련만
緣何秀獨出泥中　어찌 유독 진흙에서 나와 빼어날까

2)

滿池圓葉水珠瓏　온 연못 둥근 잎에 물방울 영롱하고
蕾蕾含香自粉紅　온 꽃송이 향기 머금고 붉어라
寧許離騷淸醉漢　차라리 실의하여 취한 놈은 받아줘도
勿容至近褻翫翁　아서라 가까이와 부람 없는 늙다리는
不枝不蔓交君子　가지 안 치고 넝쿨 뻗지 않으며 군자와 사귀고
非艷非華笑畵工　농염하지도 화려하지도 않아 그림쟁이 비웃는다
到處花花嬌態炫　곳곳에 꽃마다 교태를 자랑하지만
那邊聳拔悅泥中　어디에 솟아 빼어나 진흙 가운데서 즐거우리

石蒜 꽃무릇(상사화)

欲爲面晤而談, 與四年生具淸美會同於故鄕村食堂, 同伴散步
校庭, 處處石蒜發花.

此花一名想思花, 葉先凋落, 出莖而開, 花不見葉, 葉不見花,
是故命之云爾.

於戲! 兩弟旣在冥府, 不見一也. 忽然懷念, 乃賦一首.

乙未 九月 十六日

만나보고 대화하려고 4학년 구청미와 고향마을 식당에 회동했다가
같이 교정을 산보하는데 곳곳에 꽃무릇이 피어 있다.

이 꽃은 일명 상사화인데 잎이 시들어 없어지고 줄기가 나와 꽃피
기에 꽃과 잎이 서로 볼 수 없어 이 때문에 이런 이름이 붙였다고 들
말한다.

아! 두 동생이 이미 명부에 있으니 보지 못하는 것이 꼭 같다. 홀
연히 그리워져 한 수 지었다.

을미년 9월 16일

消葉粉紅華石蒜	잎 다한 분홍빛 화사한 꽃무릇
天仙下界畵綾羅	선녀가 내려와 비단에 그렸을까
同根不見相思命	한 뿌리인데 보지 못해 상사화란 그 이름
歲歲年年奈忍何	해마다 해마다 어찌 참아낸다니

销暑粥瓜庆不蒜

飞仙一见画陵罢

因杞□见曾之而实

东西一耐□月

丁卯秋庆河

對南北兩窓之外百日紅

남북 두 창밖의 백일홍을 대하며

今春播種百日紅於蘿筐, 而育苗十餘盆, 朱紅朱黃粉紅白色黃色
等花賞玩兩月. 五盆置於南向欄杆, 其餘欄於北窓外地板, 而南向
之者, 生氣垂衰, 蓓蕾幾稀, 猶北向在者, 今亦未艾, 含苞欲放.

蓋一者日照過多, 一者陰陽兼之, 相異如此. 嗟乎, 人間亦然,
身處順境, 不知不足, 則易挫, 飽經風霜, 尙能知足, 則易克.

今日年輕, 生世以後, 不知逆境, 一向裕足之下, 空爭甲乙. 何
忍桎梏之難, 何娛淸淡, 又何知人生眞味, 何得晚成之樂也.

乙未 九月 十八日

올봄에 광주리에 백일홍을 파종하여 십여 화분에 길러 주홍 주황
분홍 흰색 노란색 등의 꽃을 감상하길 두 달이다.

다섯 분은 남향 난간에 두고 그 나머지는 북창 밖 마루에 놓았는데
남향에 있는 것은 생기가 거의 쇠해 꽃이 거의 드물고, 오히려 북향
에 있는 것은 지금도 한창 꽃봉우리를 터뜨리려 한다.

아마도 하나는 일조가 과다하고 하나는 음양을 겸해서 서로 차이가
이 같으리라. 아! 인간도 이 같아야 좋은 환경에 처해 부족함을 모르
면 쉬이 좌절하고 풍파를 겪으며 가희 족함을 알면 쉬이 극복하리.

오늘의 젊은이들 역경을 알지 못하고 유족한 아래 부질없이 갑을
만 다툰다. 어찌 속박을 참을 것이며 어찌 청담을 즐길 것이며 또 어
찌 인생진미를 알 것이며 어찌 만성의 즐거움을 터득하리!

을미년 9월 18일

1)

北向陰隅百日紅　　북향 모퉁이의 백일홍
金秋未艾面呼風　　지금도 한창 추풍을 마주한다
先開而艶南窓外　　먼저 펴 남창 밖에 곱던 꽃들은
已失生機萎忽忽　　이미 생기 잃고 시들기를 재촉한다

2)

沐浴陽光姿態炫　　햇빛에 목욕하고 자태 뽐내더니
枯黃瓣蕊己稀紅　　꽃잎 꽃술 노래져 붉음 드물다
陽光先占非能事　　햇빛선점이 능사가 아니고나
人事應如是亦同　　사람일도 선두다툼 또한 그러하리라

哀悼外舅 장인어른을 애도하며

　歲在乙未(2015)陽九月二十七日 秋夕正午, 外舅辭世, 設靈堂
於江北三星病院而出殯, 安葬高敞興德河南先山.

　外舅諱學善, 聞慶宋氏, 歲在癸酉(1933)生於高敞, 曾畢業於
朝鮮大學校, 而箕裘農樵, 娶金容佐女士, 膝下有三男二女. 至於
甲申(2004)以腦梗塞爲癱瘓, 上京以來, 持病延年, 從容辭世, 享
年八十有三.

　外舅雖爲農人, 學識廣博, 仁慈溫柔, 無法自守. 素玩吉他, 圍
棋自娛, 電腦爛熟, 旣非村人. 撫育子女, 長子明信則中國夏門大
學書法系敎授, 次子明珍乃衣戀集團擔任牧師, 而兼牧會, 季子明
國是美國加利福尼亞州州立大學經營學科敎授. 長女明姬專攻韓國
畵, 曾爲內子, 次女明玉今爲崇德初校敎師.

　夫其子女頗爲立身, 以顯父母, 暮年雖爲患所恨, 而環顧一生,
則何有戀戀. 噫, 幸爲女壻, 過分無量, 而終不奉不事, 悔恨莫及,
愧怍無盡.

　謹以致哀, 以葬從死者之爲, 并祝永生天堂而已夫.

乙未 九月 三十日

을미(2015)년 양력 9월 27일, 추석날 정오에 장인어른이 사세하시니 빈소를 강북삼성병원에 차렸다가 출상하고 고창 흥덕 하남 선산에 모셨다.

  장인의 휘는 학자선자이며 문경 송씨인데 계유(1933)년에 고창에서 나서 일찍이 조선대학교를 나와 농사를 물려받고 김용좌 여사에게 장가들어 슬하에 삼남 이녀를 두었다. 갑신(2004)년에 뇌졸중으로 지체가 불편하여 상경한 이후 지병으로 해를 잇다가 조용히 떠나시니 향년 83세였다.

  장인은 비록 농부였지만 학식이 풍부하고 인자하고 온화하여 법 없이도 살 분이었다. 평소 기타를 즐기고 바둑으로 자오하며 컴퓨터에도 익숙하셨으니 이미 촌사람이 아니었다. 자녀를 잘 길러내시어 장자 명신은 중국하문대학 서예과 교수이고 차남 명진은 이랜드 담임목사이며 목회를 겸하고 있고 막내명국은 미국 캘리포니아 주립대학 경영학과 교수이다. 장녀 명희는 한국화를 전공하였고 일찍이 내 아내가 되었으며 차녀 명옥은 지금 숭덕초등학교 교사이다.

  무릇 그 다섯 자녀가 자못 입신(立身)하여 부모를 드러내었으니 늘 그막 병환으로 안타까움이 되기는 했지만 이생을 돌아보면 무슨 미련이 있으셨겠는가! 아 요행히 사위되어 과분하기 그지없지만 받들지도 모시지도 못하여 회한 막급이며 부끄러움 그지없다.

  삼가 애도를 표하며, 장례는 가신 분의 생전의 지위에 준하는 원칙에 따랐으니 천당에 영생하시기를 축원할 뿐이다.

  을미년 9월 30일

中等學徒曾交戰　중등시절 학도병으로 참전하셨고
學士箕裘肯自任　학사로 농사짓기를 즐겨 자임하셨습니다
秀勝何堪農人稱　수승함으로 어찌 농사가 걸맞으셨으리오만
樂在其中無呻吟　그 속에서 즐거워하시고 시름 없으셨습니다

訓育三男又二女　세 아들 두 딸 가르치시어
一一負笈京都森　하나같이 삼엄한 서울에 유학케 하시곤
偸閒圍棋兼調律　짬 내 바둑과 기타 조율하시며
養蜂以補學資金　양봉으로 학자금을 보조하셨습니다

中歲枉屢爲見騙　중년에 누차 남에게 속았어도
無怨無尤運步尋　원망도 탓도 없이 운명의 길 찾으시다가
七旬過卒侵二豎　칠순 지나시며 돌연 병환 얻으시곤
終依耶蘇篤敬諶　마침내 예수에 귀의하여 독실히 믿으셨습니다

離鄉身在療養院　고향 떠나 요양원에 계실 때는
內助一心謝不禁　일심의 내조에 고마움 금치 못하셨고
子子立身顯父母　자식마다 입신하여 양부모 드러내니
苦困支離却安心　고단함 지루했지만 마음은 평안하셨습니다

八十生涯遠聲譽　팔십 생애에 영달 멀리하시고
無慾眞誠悉皆欽　탐욕없이 진실스러워 모두모두 흠모했습니다
身後已得逢吉地　가신 후 이미 좋은 터에 계시니
加護永生天堂臨　신의 가호로 영생의 천당에 임하시옵소서

着涼顧身 감기 들어 이 몸뚱이 돌아보다

自前月十日左右, 外感風寒, 傷風受涼, 刺入骨節. 是以, 授業含糊, 秋夕亦浮皮潦草, 雪上加霜, 丈人殯所寒冷兩日, 咳嗽不止, 困惑無已.

不久以前, 有右背痰症, 診疗之餘, 打預防帶狀疱疹針, 數日前, 復加預防感針, 師勸曰, 未久必受肺炎者, 此言此身老衰也. 少有成長痛, 今驗老衰痛也夫.

乙未 十月 二日

지난 달 10일을 전후로 으슬으슬 춥더니 감기몸살이 들어 뼈마디를 찌른다. 때문에 수업도 적당히 하고 추석도 건성건성, 설상가상 장인의 빈소 한랭한 이틀에 기침이 그치지 않아 곤혹스러움 그만둘 수 없었다.

얼마 전, 오른쪽 어깨가 담이 들려 진료 끝에 대상포진 예방주사를 맞았고 며칠 전엔 독감예방주사를 더 했는데, 의사가 권해 이르길 미구에 폐렴예방주사도 맞으라 한다. 이는 몸이 노쇠했음을 말하리라! 어려서 성장통이 있더니 지금은 노쇠통을 치르나 보다.

을미년 시월 2일

1)

身初無健實 애당초 건실치 못한 몸뚱이
小病半生涯 잔병치레 반생애
期望平均壽 평균수명 기대하며
憫憫矮小骸 골골하는 작은 체구라네

2)

家門來歷在 가문에 내력 있으니
喘急暗中懷 천식이 잠재하고
過敏皮膚伴 아토피 동반
而剛毅擧皆 그래도 모두 강단이어라

3)

留連歡酒席 주석에 눌러 앉아도
曾不醉昏迷 취해서 널브러진 적 없고
時過三更寢 삼경이 지나 잠들어도
平明失色鷄 새벽이면 닭이 무색하다네

4)

於焉爲耳順 어언 60대
衰感枉栖栖 쇠한 느낌에 부질없는 불안
病病歪歪吉 그래도 고롱고롱이 길한 법
延年彭壽齊 천수를 누릴 거라네

獻少棠先生九旬 소당선생 구순에 올리다

東洲李漢山學兄爲其師傅少棠李壽德先生九旬, 搜集漢詩六十
餘首若書畫六十餘幅, 裝潢書畫帖, 下月欲以奉獻.
　少棠先生, 非但以是菴吾師門下生, 與我同堂之間, 而且與先妣
延白同鄕, 庚甲僅差兩年, 素以爲母親似久矣. 是以我亦同參, 以
准人身辛仁馴韻字爲七律, 而書一幅以送之焉.

乙未 十月 五日

　동주 이한산 학형이 스승이신 소당 이수덕 선생 구순을 위해 한시
60여 수와 서화(33×33㎝) 60여 폭을 수집하여 서화첩을 꾸며 다음
달에 봉헌하려고 한다.
　소당선생님은 비단 시암선생님의 문하생으로서 나와 동문사이일
뿐 아니라 또 먼저 가신 어머니와 연백동향이고 연세차도 두 살 뿐이
라 평소 어머니같이 여기기를 오래이다. 때문에 동참하여 인신신인
순의 운자에 준하여 칠언율시를 지어 써서 보냈다.

을미년 시월 5일

亂世離鄕延白人	난세에 고향 떠난 연백 여인
九旬不顧嫩潮身	구순토록 가녀린 몸 돌보지 않으셨네
妙齡擔傳施培訓	묘령에 교사되어 북돋움과 가르침 펼치셨고
戰地從軍驗苦辛	전장에 종군하여 고통과 쓰라림 겪으셨네
啓迪書壇先守分	서단을 이끌며 본분지킴 우선하시고
交流寶島重成仁	대만과 교류에는 자신희생을 중히 하셨네
一生嚴正爲圭臬	일생 엄정하여 법도(法度) 되어지시고
自任家聲婦順馴	가문영예 자임하며 남편의 길 따르셨다네

寄在學生作品展 재학생 작품전에 부치다

共三十五其二三四年生, 擧行在學生作品展於崇山紀念館也. 剪
彩後, 請乾杯提議於我, 乃引用老屋將傾基尙固好花雖謝種猶香句,
策勵其不失勇氣若不負召命. 勸勉而言曰, "書藝必有將來, 挺起胸
膛, 濶步向前."

嚮者, 其作品滿塡書藝館三層複道, 輝煌爛漫, 而今纔補一室之
壁 乃爾, 悽然無盡.

乙未 十月 六日

모두 서른다섯의 2·3·4학년생이 숭산기념관에서 재학생작품전을
개최하였다.

개막 후 나에게 건배제의를 권하기에 '낡은 집 기울어지려 해도 기
초 아직 견고하고, 고운 꽃 비록 지지만 씨앗 오히려 향기롭다'는 댓
구를 인용하여 용기 잃지 말 것과 소명을 저버리지 말 것을 책려하였
다. 또 권면하여 이르기를 '서예계는 반드시 장래가 있으리니 가슴
펴고 앞으로 나아가자'라고 하였다.

전에는 작품이 서예관 3층 복도를 다 채웠는데, 이제 일실에 벽을
겨우 채움이 이 같아 처연하기 그지없다.

을미년 시월 6일

平作二旬滿走廊　평년작으로 스무 해 복도를 메우더니
塡纏一室壁三方　일실의 벽 세 곳을 겨우 채운다
季生筆勢其年稱　막내학년 글씨 그 학년에 걸맞고
先輩書痕彼位彷　선배 글씨 그 위치에 방불하다
或者菲才行道守　혹 무재주라도 길 지켜 행하고
有人秀藝不矩喪　어떤 난 재주라도 법도 잃지 않는다
而今斯系如花謝　지금 서예과 지는 꽃 같아도
種也含將須發香　씨앗만은 장래 머금어 필히 향기 발하리

系將回生乎 과가 살아나는가?

竊聞於余金兩敎授, 金總長道宗先生爲見廢吾系, 有以欲使回
生之志, 而提示三個方法云. 一則或造成藝術大學, 而爲屬之, 二
則或廢系相合而導出新系, 三則或旣廢系及持續所難之系連鎖而樹
等等是也. 夫其配慮敝系如此, 亦有將來乎?

然倘或得其成事, 只是命脈維持而已, 傾注實用之路, 無望本質
之基, 亦不知多少能挺矣, 嗟夫.

乙未 十月 十五日

여태명 김수천 두 교수에게 들으니 김도종총장이 폐지된 우리 과
를 위해 회생시키려는 의지가 있어 세 가지 방법을 지시하였단다. 하
나는 혹 예술대학을 만들어 거기에 속하는 것, 둘째는 폐지된 과를
합해서 새 과를 만드는 것, 마지막은 이미 폐지된 과와 지속할 수 없
는 과를 묶어세우는 등등이 그것이다. 우리 과를 이같이 배려하다니
장래가 있을 것인가!

그러나 비록 혹 성사가 되더라도 단지 명맥을 유지할 뿐 실용에
기울고 본질은 바랄 수 없으며 얼마나 버틸지도 모를 일이다. 안타
깝다.

을미년 시월 보름

於戲書藝那得知　아 서예를 어찌 알까
鄙夷本頌漫延時　본령경시가 만연된 이때에
眼光日下正法遠　안목은 낮아지고 정법은 멀고
傳統爲重難可期　전통을 중히 할 바 바랄수도 없구나
幸好回生能維系　다행히 과가 회생하여 유지된다 해도
只追遠心滿懷疑　다만 원심(遠心)만 쫓을 터, 회의 가득하여라

珍貴之緣 소중한 인연

中原池南禮先生邀請四者會同, 午時之初, 與石韻李榮守老兄
白山全相圭筆匠遭遇佛光洞, 之坡州金村所在先生之府, 環顧之
餘, 予三十年産洋酒一瓶而領情.

少焉, 尋隣近食堂, 再尋花石亭, 憑此遊目故鄕熟路. 及薄暮,
先生執泥河梁携手, 向首尔, 至碧帝附近, 有烤鰻魚之家, 白山匠
忽請, 淸醉而到山房, 已近子時.

凡十五年前 與中原先生相投於首尔美術協會而後, 始終善友,
七年以長, 因而爲姉, 每次借光, 而一無報. 然此好緣, 或詎無爲
人所妬乎.

乙未 十月 十九日

중원여사 지남례선생이 네 사람 회동을 청하여 11시 남짓 석운이
영수 노형과 백산전상규 필장하고 불광동에서 만나 파주 금촌에 있
는 선생 집을 찾았다. 돌아보는 끝에 30년산 발렌타인 한 병을 주어
감사히 받았다.

얼마 후 인근 식당을 찾았다가 다시 화석정을 찾아 이에 고향의 숙
로에 눈을 즐겼다. 저녁나절 선생이 집에 데려다 주겠다고 고집하여
서울로 향했는데 벽제 부근에 장어구이집이 있어 백산장이 문득 낸
다 하여 취해서 집에 이르니 이미 자시가 다 되었다.

무릇 15년 전 서울미술협회에서 중원선생과 투합한 이후 늘 우의
가 좋았고 일곱 살 연장이라 누이로 여기면서 매차 신세만 지고 한
번도 갚지 못하였다. 그러나 이 좋은 인연인들 혹 어찌 시샘이야 없
으리.

을미년 시월 19일

因緣初不測 인연은 예측할 수 없고
奇遇不期然 기이한 만남 절로 되어지는 것
三友雖爲損 손자삼우(損者三友)란들
何須枉息緣 어이 인연 끊을까

韓美同盟所懷　한미동맹에 생각나는 것…

朴槿惠大統領訪美國, 更逐同盟鞏固而歸云云, 而每言論社爭次報道矣.

凡七十年間, 美國之於我國也. 援助以濟, 駐屯而守, 曾爲民主之本, 旣爲脫貧之緒, 其感荷無量, 孰不知之哉.

然凭已久, 而使視野狹小, 不覺依他爲習, 自主國防無有眼中. 是以, 軍人精神日益解弛, 防産非理滿衍已甚, 尤不猷列强比肩, 唯向北韓敵對, 甚至理念論爭不息, 國論分裂, 如將亡然, 而宣聖所云人無遠慮必有近憂之訓, 亦不識之, 憂懼憂懼.

大抵維持韓美同盟, 而人人不在脫美之志, 只如今似安逸無事, 則百年而後亦復然矣.　　　　　　　　　乙未 十月 十九日

박근혜대통령이 미국을 방문하여 더욱 동맹을 공고히 하고 귀국했다고 하며 매 언론사가 다투어 보도한다.

범 70년간 미국이 우리나라에 원조로 구제하고 주둔하여 지켜주고 일찍이 민주주의의 본이 되었고 가난을 벗는 실마리도 되었다. 그 그지없는 고마움 누가 모르랴!

그러나 의지한 지 오래에 시야는 협소해지고 의타심은 습이 되어 자주국방은 안중에 없다. 때문에 군인정신은 날로 해이해지고 방산비리는 만연이 이미 심하다. 더욱이 열강비견은 꾀하지 못하고 오직 북한만 향하여 적대시한다. 심지어 이념 논쟁이 그치지 않고 국론은 분열되어 곧 망할 것 같아도 공자 이르신 '삶이 멀리 생각지 않으면 반드시 가까이 근심이 있다'는 교훈조차 모른다. 걱정되고 두렵다.

대저 한미동맹은 유지하되 국민마다 미국을 벗어날 뜻이 없이 다만 지금같이 안일무사 한다면 백년 이후에도 또한 그러할 것이다.

을미년 시월 19일

同盟與美國　미국과 동맹
友邦第一親　우방의 제일
安保久爲堡　안보에 오랜 보루
援助求赤貧　원조로 적빈도 구했다네
曾爲民主本　민주주의 본이 되고
蒙昧牽日新　몽매를 날로 새롭게 이끌었네
然而依賴久　그러나 의뢰한지 오래
不覺惰性淪　어느새 타성에 빠졌다네
列强無非敵　열강 적이 아님 없건만
對峙向北瞋　북한만 향해 눈 부라리고
視野蛙井底　시야는 우물 안 개구리
旣稀遠慮人　먼 걱정 드물어라
政局分左右　정국은 좌우로 나뉘고
解弛軍精神　해이한 군인 정신에
防産滿非理　방산비리
滿地騙欺倫　천지에 사기꾼 무리어라
無事而安逸　무사안일에
人情紙薄臻　인정은 얇은 종이짝 되어지고
錦衣玉食夢　호의호식만 꿈이니
何不國運堙　국운인들 어찌 아니 막히리
自主防衛遂　자주국방 이루어
國力萬邦振　국력을 만방에 떨치고
竟脫美掌控　끝내 미국 손아귀 벗어나야
須作先進民　모름지기 선진국 될 것이어늘

寫兩賀詞 思奴書之誤

두 축사를 쓰고 노서의 잘못을 생각하다

下月有柏民博士個人展於佑林畫廊, 臘月初, 章石居士擧辦首次
個人展於耕仁美術館, 兩士同時相囑圖錄所載賀詞, 快以應之矣.

觀其兩士之筆, 章石者遲鈍而憨, 柏民者逸趣以奇. 又其不計工
拙之迹令人奪目, 以其無有俗氣而眞率也.

昨今書壇, 奴書爲疾 久矣, 若蔽簽名, 不分師弟, 如此之弊, 盲
從體本而所學之果. 以此觀之, 則兩人各有異趣, 不近我風, 雖極
以贊之, 不爲見笑也已.

噫, 我國奴書風氣, 由誰而生乎! 無他, 秋老 是也.

乙未 十月 二十四日

다음 달 우림화랑에서 백민박사 개인전이 있고 12월초에는 장석거
사가 경인미술관에서 첫 개인전을 개최한다. 둘이 동시에 도록에 실
을 축사를 부탁하기에 쾌히 응하였다.

두 사람의 글씨를 보건데 장석의 것은 둔한 듯 어수룩하고 백민 것
은 일취로써 기특하다. 또 잘 쓰려고 하지 않은 자취가 눈길을 끄는
것은 속기가 없고 진솔하기 때문이다.

작금의 서단에 노서가 병이 된지 오래라 이름 가리면 제자인지 스승인지 구분할 수 없는데 이는 체본을 맹종하며 배운 결과이다. 이로 보면 두 사람은 각각 다른 취향이어서 하나도 나와 근사하지 않아 비록 극히 칭찬하더라도 비웃음거리가 되지는 않을 것이다.

　아! 우리나라의 노서풍기가 누구로부터 생겨났을까! 다름 아닌 추사가 장본이다.

을미년 시월 24일

奴書爲病何時盡	잘못된 노서(奴書) 언제 다할까
無法能分字號除	이름 가리면 분간조차 어렵구나
末藝虛從都傅誤	기예나 헛되이 따르는 것 다 스승의 잘못
阮堂以降至如初	완당 이래로 여초에 이르렀나니

觀證道歌字眞僞攻防

증도가자 진위공방을 보며

本月二十六日, 國立科學搜査研究所 以尖端科學判明證道歌字
之僞, 今日其硏究士姜某氏發表金屬活字之科學的分析方法考察
一文於扶餘韓國傳統文化大學校, 而主張證道歌字乃僞物. 於是,
慶北大南某敎授反駁其姜氏論文.

觀其僞造之說, 則用電腦斷層撮影·三次元scanner·X線螢光分
析器·分光比較分析器等施行表面外觀檢査·成分分析·書體比較
等, 而所以導出是也. 其反駁之說, 則所以主張國科搜所發表乃
金屬活字鑄造方法外保存科學若書誌學方面之情報所不足之果云
是也.

今不知孰是, 夫若以同法査直旨活字而較之焉, 則立出結論, 然,
直指字不存, 唯在高麗者一字, 誠難望矣. 此物爲眞, 遡及一三八
年於直指, 豈非莫重之事也.

乙未 十月 三十一日

이번 달 16일, 국립과학수사연구소가 첨단과학으로 증도가자의 거
짓을 판명하였고, 오늘 연구사 강모씨는 「금속활자의 과학적 분석방
법고찰」이란 문장을 부여한국전통문화대학교에서 발표하고 증도가자
는 위물이라고 주장하였다. 이에, 경북대 남모교수는 강씨 논문을 반
박하였다.

그 위조의 견해를 보면, 컴퓨터 단층촬영·삼차원scanner·엑스레
이 형광분석기·분광비교분석기 등을 사용하여 표면외관검사·성분분
석·서체비교 등을 시행하여 도출했다는 것이 그것이다.

그 반박의 의견은 국립과학수사연구소가 발표한 바는 곧 금속활자 주조방법의 보존과학과 서지학방면의 정보가 부족한 바라고 주장하는 것이 그것이다.

지금 누가 옳은지는 알 수 없다. 무릇 만약 같은 방법으로 직지활자를 조사하여 비교한다면 곧 결론이 나오겠지만 직지활자는 없고 단지 고려주자 한자가 전한다. 실로 희망이 없다. 이 증도가자가 진짜라면 직지보다 138년 앞당기는 것이다. 어찌 막중한 일이 아니겠는가!

을미년 시월 31일

歌字所從來不實　증도가자 소종래가 부실하니
攻防眞僞始於今　진위공방은 이제부터
若令奇物求究底　만일 이것 밝혀낸다면
應値瓖寶遡時針　보배되어 서지역사 소급되리
一側依形眼目付　한쪽은 안목에 부치고
一方用器尖端任　한쪽은 첨단에 맡기었네
兩人孰是誰知密　누가 옳고 누가 비밀 알겠는가
無得窺知直指深　직지를 엿보아 알아볼 수도 없으니

望普賢峯 合掌而揖 보현봉에 합장하여 조아리며

余自初等五年, 居於三角山之南, 而望普賢峯, 則自發畏敬之心, 常想西方小說大石頭臉, 即爲信奉之物, 每出入小嶺之際, 擧手敬禮, 鄰人奇之. 旣而, 長成而後, 恰似普賢菩薩卓立屹然, 常合掌頓首. 今也亦見靈峯, 則不拘時所, 彎腰鞠躬而致謝, 又寅時起寢, 日日向之而祈願安寧及慧福.

山房北窓外, 一片松林, 鬱鬱蒼蒼, 可觀可賞而意之則倘其山主欲築新家, 再昨年春注入毒極, 敎死七八十齡松樹五株. 頃枯而欲傾, 憂慮不禁, 果不其然, 一一倒下. 幸避四株, 終一株向屋摔倒, 適美州松一株恰巧撐之而擋, 幸免撞擊之禍. 於是, 內心以爲山神保佑. 或有人聽之, 則迷信云云, 而我所信如此, 況且敬拜已有五旬也哉!

乙未 十一月 二日

초등학교 5학년부터 삼각산 남녘에 살며 보현봉을 바라보면 외경의 마음이 절로 들었고 늘 서양소설 '큰 바위 얼굴'을 생각하였다. 곧 신봉의 대상이 되어 매양 작은 고개를 넘나들 제 거수경례 하였는데 이웃사람들이 기이해 하였다. 장성해서는 마치 보현보살이 우뚝 서 있는 것 같아 늘 합장하고 조아렸다. 지금도 영봉을 보면 때와 장소를 불구하고 허리 숙여 감사하고 또 인시에 일어나 거르지 않고 향해 안녕과 지혜와 복을 빈다.

산방북창 밖에 송림이 울창하게 우거져 있는데 혹 아마도 주인이 새집을 지으려는지 재작년 봄 독극물을 주입하여 7,80년생 소나무 다섯 그루를 죽게 하였다. 요즈음 말라서 쓰러지려 하여 우려를 금치 못하였는데 아닌 게 아니라 하나하나 쓰러졌다. 네 그루는 다행히 피했지만 끝내 한 그루가 집을 향해 쓰러졌는데 마침 리기다소나무 한 그루가 공교롭게 지탱해 막아주어 다행히 부딪히는 화를 면하였다.

이에 내심 산신의 보우라고 여겼다. 혹 누가 이를 들으면 미신 운운
하겠지만 내 소신이 이와 같고 하물며 경배하기를 이미 50개성상 임
에랴!   을미년 11월 2일

1)
大石普賢岑　큰 바위 우뚝한 보현봉
慈顔見幼心　인자한 얼굴 어린 마음에 보여
隨時爲敬禮　수시로 경례하며
供奉在胸襟　가슴속에 모셨다네

2)
鬱悶迦籃覓　울적해 절에 가면
堂陰小閣尋　법당 뒤 산신각 찾았네
山神靈護法　산신은 영험한 호법신중(護法神衆)
叩拜盡誠忱　조아리길 정성 다했다네

3)
宗敎云何物　종교란 무얼까
人言迷信何　사람들 말하는 미신은 뭔가
持心常一念　마음에 지녀 늘 일념이면
所願竟無邪　원하는 바 삿됨 없는 것을

4)
一抱松枯死　한 아름의 소나무들 고사하여
一株倒向家　한 그루 집을 향해 쓰러졌다네
美松撑拄擋　리기다소나무가 지탱해 받쳐주니
保佑豈非耶　산신보우 이 어찌 아니겠는가

羞詩千首 시 천수가 부끄러워

讀邱燮友所譯註唐詩三百首, 至於杜甫五律其天末懷李白之賞
析, 始知現存杜詩共一千四百五十首, 李詩卽爲一千零五十首而
已. 於是內心驚之, 此乃與我旣所賦之者比之, 則其數近似故也.

夫一仙一聖, 何敢比之, 信非欲以比之, 但欲言之, 卽我其千數,
徒然甚多而已矣.

嗚呼, 或者呼我曰'詩千首'云, 愧慚無限也.

乙未 十一月 六日

구섭우 선생이 역주한 『당시 삼백수』를 읽다가 두보의 오언율시
「하늘가에서 이백을 그리워하다」의 감상 분석에 이르러 비로소 현존
하는 두보의 시가 1,450수이고 이백의 시가 1,050수 뿐이란 것을
알았다.

이에 내심 놀랐는데, 이는 내가 이미 지은 시와 비교하여 그 수량
이 근사했기 때문이다.

한 분은 시선이고 한 분은 시성이니 어찌 감히 비교하리요만 진실
로 비교하려는 것이 아니라 다만 이르고자 함은 나의 천수가 공연히
많다는 것일 뿐이다.

아! 어떤 이는 나를 '시천수'라고 부르는데 부끄럽기만 하다.

을미년 11월 6일

1)

李杜詩家仙聖號　　이백 두보 시선 시성의 이름
僅過千首竊惟驚　　상회하는 천수에 혼자 생각하며 놀랐네
或因精髓留今日　　혹여 정수만이 남아서일까
還是精心錘煉行　　아님 자심한 퇴고 때문일까

2)

我惟十載詩千首　　나도 십 년에 시가 천수
數量能方李杜成　　수량으론 이백 두보에 견주리
賦詠朝晡茶飯事　　시 짓기를 밥 먹듯 하니
奈何糙略動人情　　대충으로 어찌 남의 마음 움직일까

支持國定國史教科書 국정교과서를 지지한다

政府闡明國史教科書之國定, 雖滿城風雨, 强行筆陣構成而觀, 決無以撤廻然矣.

頃者, 不少學者反對其政府所主導劃一敎育, 野黨主張其美化獨裁若親日云云以對壘.

然, 似而非進步者所主張近世史觀, 亦爲偏向之難 久矣. 我之所信而言, 贊同政府收斂各界意見, 收攬民心, 而樹正實之國家觀, 欲使鼓吹愛國愛族乃爾.

乙未 十一月 十一日

정부가 국사교과서의 국정을 천명하여 비록 시끌벅적은 하지만 필진구성을 강행하는 걸로 보면 절대로 철회는 없을 듯하다.

요즈음 적지 않은 학자들이 정부가 주도하는 획일 교육을 반대하고, 야당은 독재비화와 친일 운운하며 맞선다.

그러나 사이비진보들이 주장하는 근세사관이 논란이 된지 오래다. 내 소신으로 말하면 정부가 각계의견을 수렴하여 민심을 모으고 정실의 국가관을 수렴하여 애국애족을 고취시키려는 것을 찬동한다.

을미년 11월 11일

國史敎本令國定　국정 국사 교과서에
滿城風雨難甚多　시끌시끌 논란도 많아라
上古史乃關心外　상고사는 관심 밖이고
政治對立異見疴　정치의 대립과 이견이 병이어라
似而非是國基撼　사이비가 국가를 흔들고
分裂國論枉蹉跎　국론분열이 때를 놓친다
到處育英偏倚在　도처에 교육이 편향되어 있으니
無分別心靑襟何　분별심 없는 어린학생 어찌 하리
何日民氣同歸得　언제나 민심이 하나 되고
一匡國家觀日譌　국가관이 날로 잘못됨을 바로잡나
目前先進隊伍入　목전에 선진대오 입성이련만
堂堂韓國不謳謌　당당한 한국을 구가하지 못 하누나

偶吟 우연히 읊다

近看世態, 夫相撞肩肪於路, 而用耳機聽之, 無心而過而已, 無
以道歉.

又或占有老人若姙婦席於巴士及地鐵, 讓步難見. 路上亦然, 老
人過經, 當路不避.

國人自幼至於中壯年, 甚至老年亦無有禮貌, 所謂東方禮儀之國
何變如此! 旣爲無道爲夷爲獸之王國也. 都是不讀詩書之報果, 噫!

乙未 十一月 十七日

무릇 길에서 서로 어깨를 부딪쳐도 휴대폰으로 뭘 듣기만 하고 무
심히 지나갈 뿐 미안하단 말 없다. 또 혹 버스나 지하철에서 노인이
나 임부의 자리를 차지하고도 양보하는 것 보기 어렵다. 노상에서도
마찬가지 노인이 지나가는 길에 막아서서 피하지를 않는다.

사람들 어린이로부터 중장년에 이르기까지, 심지어 노인도 예의가
없으니 소위 동방예의지국이 어찌 이같이 변했는가! 이니 무도(無道)
의 왕국이 되었다. 모두가 글을 안 읽은 결과기에 안타깝다.

을미년 11월 17일

我今老大猶從禮	내 늙어져도 오히려 예를 쫓는데
少小緣何謾對翁	젊은이 어찌 이 늙은이 막 대하나
或有撞肩無道歉	어깨를 부딪쳐도 미안하다 말없이
耳機聽沒步忽忽	이어폰 들으며 바쁜 걸음 뿐이고나

晚秋豪雨三七日 늦가을 삼주간의 호우

今夏初無霖雨, 亦無颱風, 其旱魃之甚四旬後之事云. 是以, 中部若江原等地之水庫處處露其底面, 甚至給水亦有蹉跌, 而爲其四大江堡見稱之況.

晚秋之際, 三週間或散發或集中, 無時下雨, 頗爲解渴, 水庫漲半. 只農人臨迫豊收而辛酸, 餘他之人得脫愁苦.

聽道, 因以球村溫暖化, 處處續出異狀氣候, 我國卽値夏季惑暑旱魃冬節暴雪寒波. 然則此非亞熱帶, 亦非亞寒帶也.

乙未 十一月 十八日

올여름 애초 장마 없었고 태풍도 없었으니 한발의 심함이 40년만의 일이라고 한다. 이 때문에 중부와 강원등지의 저수지가 곳곳에 바닥을 드러내었고 심지어 급수마저 차질이 있어 사대 강보가 칭찬받는 정황이 되었다.

늦가을에 삼주간 혹 산발 혹 집중으로 때 없이 비가 내려 자못 해갈이 되었고 저수지도 반이나 찼다. 오직 농민들만이 수확이 임박해 마음 쓰릴 뿐 여타는 근심걱정을 벗었다.

듣자하니 지구 온난화 때문에 곳곳에 이상기후가 속출하는데 우리나라는 곧 여름엔 혹서한발 동절에는 폭설한파를 맞는다고 한다. 그렇다면 이는 아열대도 아니고 아한대도 아니다.

을미년 11월 18일

炎天水庫完枯底	저수지 바닥까지 말랐다가
魚鱉金秋漲半嘻	늦가을 물 만난 고기 화락하다
人亦欣欣而裕足	사람도 기뻐 유족한데
農心收穫獨焦思	수확 앞둔 농심만 노심초사 하는구나

回顧三旬以前書壇　30년 전의 서단을 회고하다

自今年臘月日起, 凡一個月間, 水原博物館擧行大韓民國美術大展受賞者回顧展(1982~1988), 見賴一作, 乃賦七律一首以應之.
乙未 十一月 二十日

올 12월 2일부터 한달간 수원 박물관이 대한민국미술대전 수상자 회고전(1982~1988)을 개최한다. 한 작품을 의뢰 받았기에 칠언율시 한 수를 지어 이에 응한다.
을미년 11월 20일

展覽聲威往昔思　전람회 명성과 권위 있던 옛날은
方興未艾好奇時　흥해 그칠 줄 모르던 호기심의 시절이었다네
入當日報人名載　입선이면 이름을 신문에 실었고
冠獲轉播采訪施　대상은 인터뷰를 중계방송 했다네
批准學科應信望　비준된 서예과 신망에 부응했고
資生筆客并希夷　삶 꾀하는 필객들 예술경계 겸했다네
斯文掃地茫然甚　땅에 떨어진 문화 망연함 심함이여
無盡傷心樂極悲　그지없는 상심 즐거움 다한 비애여라

自歎蹉跎 시기 읋음을 스스로 탄식하다

松下白永一敎授値大白畫廊招待展, 刊行圖錄而款送, 喜而察觀, 一一佳作, 或有名作, 一歎一羨.

松下居士曾以遭逢大邱藝術大學書藝科之廢, 退休而後十餘年間, 穿鑿隷書若國文板本體, 方至工巧. 隷書而言, 可謂秋史以來爲冠. 夫其不幸之早退, 猶爲好機, 豈非轉禍爲福也哉!

噫, 我虛依依, 蹉跎日月, 但髀肉之嘆而已矣.

乙未 十一月 十九日

송하 백영일교수가 대백화랑초대전을 맞아 도록을 간행하여 부쳐주어 기뻐하며 살펴보니 하나같이 가작이고 혹 명작이 있어 탄식도 하고 부럽기도 하였다.

송하거사가 일찍이 대구예술대학 서예과 폐지를 만나고 퇴직한 후 10여 년간 예서와 국문 판본체를 파더니 바야흐로 빼어남에 이르렀다. 예서로 말하면 가히 추사 이후의 으뜸이라 이를 만하다. 저 불행의 이른 퇴직이 오히려 호기가 되었거니 어찌 전화위복이 아니겠는가!

아! 나는 부질없이 연연하여 세월만 보냈구나. 비육지탄일 뿐이다.

을미년 11월 19일

松下眞誠古隷窮 송하거사 참되게 예법 궁구하더니
縱橫無碍竟成工 자유자재 막힘없이 마침내 공(工)을 이루었구나
早逢廢系猶爲福 일찍이 맞은 폐과가 오히려 복이 되었거니
我枉蹉跎廿載空 내 부질없는 이십년 허송이 헛되기만 하여라

思郭教授敦論 곽 교수 권유의 말을 생각하며

今日未時, 金壽增雲谷戲墨帖及正祖御書朱熹詩帖指定調査次,
與郭魯鳳金南馨兩委員, 會同於水原歷史博物館.

罷後, 自水原以至漢城大入口驛, 與郭教授同行而相話, 於是,
卒然曰, "爾之學養若用筆之秀而觀, 須得鴻圖而上乘書法乃爾,
而今不然, 內心爲恨矣." 頃者, 下定決心於斯, 不禁驚奇, 大扣
心絃.

古人云, "道吾惡者是吾師", 此之謂也. 提醒莫及, 何得聽左耳
出右耳也哉!

乙未 十一月 二十日

오늘 하오 두시 김수증운곡희묵첩과 정조어서주희시첩 지정조사차
곽노봉 김남형 두 위원과 수원 박물관에 회동하였다.

끝난 뒤 수원에서부터 한성대입구역에 이르기까지 곽 교수와 동행
하여 얘기를 나누었는데 이때 문득 이르길 '당신의 학양과 용필의 빼
어남으로 볼 때 모름지기 크게 꾀하여 서법을 상승할 법한데 지금 그
렇지 못해 내심 안타깝다'라고 한다. 요즈음 이를 결심하고 있던 터
라 놀람을 그만둘 수 없었고 심금을 크게 울렸다.

고인 이르길 '나를 나쁘게 말해주는 자가 곧 내 스승이다'라고 했
는데 이를 이르는 말일 게다. 일깨움이 이에 더할 수 없으니 어찌 듣
고 흘려버릴 것이겠는가!

을미년 11월 30일

一朋敦論使人驚　한 벗 권면으로 날 놀래키고
一友銀鉤敎歎聲　한 친구 글씨로 탄성 짓게 하네
歲月蹉跎雖悔恨　허송세월 비록 회한이언만
今還能及惜陰行　아직은 미칠 수 있으리니 촌음 아껴 행하리라

覽柏民書展 백민서전을 관람하고

柏民博士召開首尔展於佑林畫廊, 與善墨會員諸位同行而觀, 白酒數杯飲之於其展示場, 昨今多少事, 相付笑談中矣.

柏民之書 或有習氣, 又有些誇張, 而筆畫生動, 結構新穎, 章法奇特, 乃足以可觀, 可謂已具面目.

我過望七已久, 不脫準繩, 猶不爲體, 適有所使提醒之徒, 豈非洪福! 昨者松下鐵肩兩士使誨諭, 今日柏民又使警策. 今在書壇, 斷乎非虛事也.

乙未 十一月 二十四日

백민박사가 우림화랑에서 서울전을 개최하여 선묵회원들과 동행해서 관람하였다. 전시장에서 빼갈을 여러 잔 마시면서 작금 다소간의 일들을 소담 중에 부쳤다.

백민의 글씨는 혹 습기가 있고 또 적이 과장이 있으나 필획이 생동하고 결구가 참신하며 장법이 기특하여 족히 볼 만하다. 가히 이미 면목을 이루었다고 할 만하다.

나는 61세가 지난 지 오래여도 법을 벗어나지 못하여 아직도 체를 이루지 못하고 있는데 마침 일깨우게 하는 문도가 있다. 어찌 홍복이 아니랴! 전날 송하 철견 두 양반이 부추키더니 오늘 백민이 또 경책케 한다. 오늘 서단에 몸 둔 것이 단연코 허사가 아니다.

을미년 11월 24일

赴燕相別盟相約　북경 갈 때 서로 약속한
并筆同歸二十年　병필(并筆)을 함께하자 한 지 이십 년
我訓嚴明空自畫　나는 엄명히 가르치다 스스로 한계 지었고
爾無干涉恣唯硏　그대는 간섭 없어 마음껏 연마했으이
比來舊友令提醒　근자에 오랜 친구 날 깨우치더니
今也門生使改悛　이제 문도가 개전(改悛)케 하는구나
書界投身非枉事　서예계 투신 헛된 일 아니어라
由于三益在當前　좋은 세 벗 눈 앞에 있으니

趁以松下招待展游大邱兩日

송하초대전을 틈타 이틀 대구에서 놀다

明朝卽靑菴高岡先生發靷, 而終後之, 旣有松下居士招待展開
幕日參席之約, 不得不離益山, 適大邱也. 戌時左右, 到大白廣場
畫廊, 開幕行事已罷, 惟逢知人於食堂, 茶山土民兩兄李仁淑敎授
外, 以京遠來漲潮雲臺兩士等是也.

少焉, 與此五人換席酬酌, 近子午, 京都三人同宿同房. 翌日上
午松下操轡而尋慶山所在三聖賢歷史文化公園, 一瞥松下所書元
曉不羈若正門懸板, 還松下書室聽溜軒而圍座品茶. 再還展示場,
李敎授來而請午飯, 環顧展示場, 逢金南馨敎授而相互寒暄, 金敎
授親駕送驛, 已爲申時之末.

兩日間, 吾四人交談心中之話, 則漲松成體而雲摩未成是也.

噫! 把筆已過五旬, 尙未成體! 且置無其才藝, 但無沈浸之故,
都是我愆而已矣.

乙未 十一月 二十五日

낼 아침이 청암고강선생 발인인데 끝내 이를 뒤로하고, 이미 송하
거사초대전 개막일 참석 약속이 있어 부득불 익산을 떠나 대구로 향
했다. 8시쯤 대백프라자갤러리에 도착했는데 개막행사는 이미 파하
고 지인만 식당에서 만났다. 서산 토민 두 학형 이인숙교수 외 서울
에서부터 멀리 온 밀물 운대 두 양반이 그들이다.

얼마 후, 이 다섯 사람과 자리를 바꾸어 술을 주고받다가 서울사람
셋이 한 방에서 동숙하였다.

다음날 오전 송하거사가 경산에 있는 삼성현 문화공원을 찾아 스스로 쓴 '원효불기'와 정문현판을 일별하고 송하서실 청류헌으로 돌아와 둘러앉아 차를 마셨다. 다시 전시장으로 돌아갔는데 이인숙교수가 와 점심을 냈고 전시장을 둘러보다가 김남형교수를 만나 서로 인사하고 김교수가 역까지 바래다주니 이미 5시가 다 되었다.

이틀간 우리 넷은 심중의 말을 주고받았는데 곧 밀물 송하는 체를 이루었고 운대와 나는 아직 이루지 못했다는 것이 그것이었다.

아! 붓 잡은지 이미 50년이 지났는데 아직 체도 못 이루었다니! 재예가 없는 것은 우선 놓아두더라도 다만 몰입이 없었던 까닭이다. 모두 내 잘못일 뿐이다.

을미년 11월 25일

眞誠崔白娛新面   성실한 최씨 백씨는 자가풍 즐기고
率意呵丁未解囊   정성의 정씨는 아직도 자루 풀지 않았네
吾也菲才無汨沒   나는야 재주도 없고 골몰하지도 않았기에
而今故步不成章   그 자리 맴돌 뿐 조리 세우지 못 하였네

心畵銘 심획명

比來, 指導吉笑談所述碩士論文金奎泰書藝硏究, 見其文章中朱文公書字銘, 忽然欲綴心畵銘, 仿此立治四言十韻, 此所謂心畵者, 一期也, 一回也, 一畵也. 朱文公書字名如下.

乙未 十二月 三日

요즈음 김소담이 쓰는 석사논문 「김규태 서예연구」를 지도하다가 그 문장중의 '주문공서자명'을 보고 문득 '심획명'을 짓고 싶어 이를 모방하여 그 자리에서 4언 10운을 썼다. 이 이른바 심획은 일기(一期)요 일회(一回)요 일획(一畵)이다.

주문공의 서자명은 다음과 같다.

握管濡毫　붓 들어 호를 적셔
伸紙行墨　종이 펴 글씨 쓰면
一在其中　한일자도 그 중에 있고
點點畵畵　점마다 획마다 모두모두
放意則荒　마음이 방종하면 거칠어지고
取姸則惑　연미함 취하면 미혹하나니
必有事焉　반드시 이를 일삼음 있으면
神明厥德　정신이 덕을 밝히리

을미년 12월 3일

毫濡硯海　터럭 연지(硯池)에 적시면

如穎而柔　송곳인 듯 부드러워

落紙搖晃　휘청히 종이에 닿을 제

意合情投　뜻과 마음 투합한다네

方圓藏露　방필 원필 장봉 로봉에

丘壑幽庾　구학(丘壑) 그윽이 숨겨지고

挫翻提裹　꺾고 엎고 끌고 쌈에

無邪以由　사무사(思無邪) 따른다네

莫容一贅　군더더기 용납 없고

一回唯求　오직 단지 한번

努勒撇捺　세로 가로 삐침 파임

轉折起收　전절 기수(起收) 모두모두

無依自見　기댐 없이 절로 드러나되

信乎心頭　마음속에 맡겼나니

焉拘偃側　어찌 언필 측필에 구애되며

何須中謀　하필 중봉만을 꾀하리오

能變能化　능변 능화면

縱橫悠悠　자유자재 유유하고

無罣無礙　걸림도 막힘도 없으니

自若優游　유연자약이라네

講座編成難 강좌편성이 어려워

迫近寒假, 編排明年一學期講義時間表, 自出歎息.
明年只剩三四兩個學年, 學生數不過二十餘, 講座亦自減其半.
今日上午, 三人敎授各任五個講座, 當凡十時間, 又添大學院一講
座三時間. 講師初無能揷足, 雪上加霜, 敎務處任意安排其曜日若
時間云云, 張口結舌.
嗟夫, 況明年如是, 後年只有一個學年, 其暗淡 何可道也!

乙未 十二月 八日

겨울방학이 임박하여 내년 1학기 강의시간표를 짜는데 절로 탄식
이 나온다.
내년엔 3, 4 두 개 학년만 남고 학생 수는 스물 남짓에 강좌도 절
로 반이 준다. 오늘 오전 세 교수가 각각 5개 강좌를 맡아 10시간을
담당하였고 또 대학원 한 강좌 세 시간을 더하였다. 강사는 애초 끼
어들 수 없고 설상가상 교무처가 요일과 시간을 임의로 안배한다고
하니 어안이 벙벙하다.
아! 하물며 내년이 이 같은데 후년엔 단지 한 개 학년만 남는다.
그 암담함을 어찌 가히 말로 하겠는가.

을미년 12월 8일

面臨系廢心傷甚	폐과를 맞아 마음 상함 심한데
講議編成使鬱悲	강의편성이 우울하고 슬프게 한다
不得按排時且日	시간과 날짜도 안배할 수 없으니
益京來往莫能私	익산 서울 왕래 사사로이 할 수 없겠구나

嘆大博上口 대박이 입에 붙은 것을 탄식한다

今日有2015年度第二次運營委員會于白凡金九紀念館, 以鄭館
長良謨先生爲首, 與文國珍·愼鏞廈·朴弘雨·韓敬九·洪基澤·洪讚
植·鄭寬會先生等諸委員承認今年事業實績若明年事業計劃.

罷後中食之餘, 愼元老委員慨歎今日社會無道有悖, 而言蔓延
彩票, 人多徼倖, 兼上口大博, 如誦而出云云. 誠一一中理, 共感
無已.

大抵大博一詞, 由賭而生矣, 應非良言也已.

乙未 十二月 十日

오늘 2015년도 제2차 운영위원회가 백범김구기념관에 있어, 정관
장 양모선생을 위시하여 문국진 신용하 박홍우 한경구 홍기택 홍찬
식 정관회선생 등 제위위원들과 올해의 사업실적과 내년의 사업계획
을 승인하였다.

파한 후 점심 먹는 여가에 신 원로위원이 오늘 사회의 정도는 없고
어긋 됨만 있음을 개탄하면서 로또가 만연하여 사람들 요행을 바라
고 아울러 대박이 입에 붙었다고 하였다. 실로 하나같이 이치에 맞아
공감을 그만둘 수 없었다.

대저 대박이란 단어는 도박에서 나왔을 텐데 응당 좋은 말은 못되
리라!

을미년 12월 10일

種瓜種豆收瓜豆 외 심고 콩 심어야 수확하련만
耕作初無只欲收 애초 경작도 없이 거두기를 바라는가
無往不言虛大博 가는 곳마다 헛된 대박을 말하니
知乎徼倖滿心頭 요행 바람이 맘속 가득하다는 것임을 알기나 할까

一切惟心造 일체유심조

曩者, 罷善墨會土曜講座, 中食而後, 與研宇平川賢亭紫甕等四女士尋佛光洞所在杯羅至奧茶店. 於是, 賢亭女士傳所聞而曰, "自思不老, 則腦認如此, 自以爲今年幾歲, 則復亦然".

比來, 老化痛恰如成長痛然, 又自感雙腿發軟, 乃以爲恨, 聽此言而精神一振矣. 茲後起寢而獨白曰, "我今半百也", 對鏡曰, "我猶不老", 雖知牽强無理之言, 而心身自輕, 聊以愉快. 蓋一切唯心造云云, 此之謂也.

乙未 十二月 十一日

전에 선묵회 토요강좌를 파하고 점심이후 연우 평천 현정 자용 네 여사들과 불광동에 있는 벨라지오 찻집을 찾았다. 이때 현정여사가 들은 것을 전해 이르길 '스스로 늙지 않았다고 생각하면 뇌가 이같이 인식하고 스스로 몇 살이라고 여기면 또한 그러하다'고 한다.

요사이 마치 성장통처럼 노화통이 있고 또 다리에 힘이 빠짐을 절로 느껴 아쉬운데 이 말을 듣자 정신이 번쩍 든다. 이후 일어나 독백하기를 '나는 지금 반백의 나이다' 하고 거울을 보고 말하길 '나는 아직 안 늙었다' 하니 비록 억지임을 알지만 심신이 절로 가볍고 적이 유쾌하다. 아마도 일체유심조 운운이 이를 말하는 것이리라.

을미년 12월 11일

1)

身軀老化如成長　노화 마치 성장처럼
刺痛無時以發愁　쿡쿡 쑤셔 걱정이다
一切唯心能改造　일체를 마음이 고쳐 만든다니
溯洄十載曷無猷　십년 소급인들 어찌 꾀할 수 없으리

2)

人云百歲延年際　백세시대를 말하는 때에
進甲纔過感老衰　진갑에 노쇠를 감지한다
一轉思惟身可少　인식전환이면 젊어진다니
唯心造語妙神哉　일체유심조 신령도 하구나

觀故一史具滋武先生畵稿展

고 일사구자무선생 '화고전'을 보고

兩日前, 剪彩故一史具滋武先生畵稿展於寒碧園. 是乃值先生二
周忌, 嚃也以先生所推薦, 旣以所召開展覽會於寒碧園者石軒海庭
竹林加藍雨香不佞等六人同參而推進, 又金昌龍敎授爲首, 李海溫
金炳玉李鍾宣尹相敏等其知人及門徒共三十人亦助一臂之力而成
之者也.

夫所謂畵稿卽畵圖體裁, 例如其先以布置, 畵題附之, 標示捺印
之處等是也. 此可謂畵本, 彷彿草稿, 故命其展覽之稱乃爾.

今日下午, 與是雨平川章石三位, 一一觀之, 歷歷苦心之痕, 非
但描繪之秀, 而且所求畵題之周, 令人動之. 噫, 先生身後, 能至
此境者何人!　　　　　　　　　　　　　　　乙未 十二月 十九日

이틀 전, 고 일사구자무선생 화고전이 열렸다. 이는 2주기를 맞아
선생의 추천으로 인하여 한벽원에서 전람회를 연 석헌 해정 죽림 가
람 우향 나 등 여섯이 동참해 추진하고 또 김창룡교수를 위시해서 이
해온 김병옥 이종선 윤상민 등 지인 및 문하생 모두 서른한 분이 십
시일반 하여 이루어진 것이다. 소위 '화고'는 곧 그림의 체제인데 예
를 들면 먼저 포치하고 화제를 부가하고 날인할 곳을 표시한 것 등이
그것이다. 이는 화본이라 할 수 있고 초고와 방불하기 때문에 전람명
칭이 이와 같다.

오늘 오후 시우 평천 장석 세분과 일일이 보았는데 고심의 흔적이 역
력하고 비단 그림의 빼어남 뿐 아니라 또 화제를 구한 주밀함이 사람을
감동케 한다. 아! 선생 가신 후 능히 이 경지에 이를 자 그 누구냐!

을미년 12월 19일

師在冥府已兩載　　선생 명부에 계신 지 이미 두 해
憶滿後生肯次中　　추억만 우리 가슴에 가득합니다
今次能對撫手澤　　이번에 수택을 대하고 어루만지니
洋洋其上又西東　　혼령이 너울너울 오신듯 합니다
奈何布置求周密　　어찌 포치는 그리도 주밀하시며
畵題一一冥契窮　　화제는 하나같이 명합한답니까
捺印所所在其座　　날인 곳곳마다 그 자리에 있으니
豈非丘壑自在翁　　어찌 자재한 구학(丘壑)이 아니겠습니까
然而今日畵壇相　　근데 오늘의 화단모습
一無從之昧而蒙　　좇는 자 하나 없고 몽매하기만 합니다
只有亂極無格度　　어지러움 극에 달하고 격도도 없이
滿地橫行俗畵工　　천지에 쟁이들만 횡행하고 있답니다

今年成語昏庸無道 올해의 사자성어 '혼용무도'

今年之四字成語, 昏庸無道一詞也. 敎授新聞社以八百八十六
人敎授爲設問對象, 導出此成語, 得過半而見選一位云. 此外, 似
是而非·竭澤而漁·危如累卵·刻舟求劍等順次而繼後焉.

大抵所謂昏庸卽昏君庸君, 無道乃出於論云天下無道, 此語是合
成語也. 夫其所落選三個成語之意亦大同小異, 皆所以指責今政府
失政也.

乙未 十二月 二十日

'혼용무도(혼미 용렬하고 도가 없다)'가 올해의 사자성어에 뽑혔다.
교수신문사가 886명 교수를 대상으로 하여 이 성어를 도출했는데 과
반을 얻어 일위로 뽑혔다고 한다. 이 밖에도 '사시이비(기인 것 같으
면서도 아님)' '갈택이어(연못을 말리고 고기 잡음)' '위여루란(위태함
이 계란을 쌓은 것 같음)' '각주구검(배에다 표시하고 칼을 찾음)'등이
차례로 뒤를 이었다.

대개 이른바 '혼용'은 곧 '어두운 군주 용렬한 군주'이고, '무도'는
논어에 말한 '천하가 도가 없다'에서 나왔으니 이 성어는 합성어다.
저 낙선된 세 개의 성어의 뜻 역시 대동소이 한데 모두 오늘의 정부
를 지적하는 것이다.

을미년 12월 20일

昏庸無道指名誰　'혼용무도' 누구를 지명하는가
暗鬱如今代辯詞　암울한 오늘을 대변하는 말이어라
卅載以來終不遇　30년 이래 끝내 만나지 못하는 구나
施行仁政頌揚時　덕정을 펴 칭송되는 때를

寄章石大雅　장석대아에게 부치다

章石徐明澤前善墨會會長召開首次個人展於耕仁美術館. 值剪
彩, 玄嵒詞伯·漲潮雲臺菊堂藏山等重鎭書家·其門下生諸位·善墨
會員等凡一百餘知人會同而咸祝盛展.

章石居士時在己巳(1989)覓吾而晤, 結師弟之緣, 已過四半世
紀. 居士爲人天性淳朴, 如遲如鈍, 無以假飾, 良善誠一. 書亦如
其人, 可以盡之一言曰憨實. 初遠小巧, 又惡怪奇, 始終愚直, 無
有華態, 猶如諺言所謂江原道土豆石巖云爾. 夫自厚而有情, 是以
無惡無射.

尤旣悉古文, 兼工詩, 周知書壇.

玆後, 不止於今, 脫舊殼而一路向上, 則逍遙自如矣. 乃賦古詩
二首, 憑以兼付我自之望.

乙未 十二月 二十三日

장석 서명택 전 선묵회 회장이 경인미술관에서 첫 개인전을 열었
다. 오픈을 맞아 현암 사백 밀물 운대 국당 장산 등 중진서가 그 문
하생들 선묵회 회원 등 무릇 100여 명이 회동하여 함께 성대한 전시
를 축하하였다.

장석거사가 기사년(1989) 나를 찾아 만나 사제 연을 맺은 지 이미
4반세기다. 거사의 사람됨은 천성이 순박하고 늦은 듯 둔한 듯하고
가식이 없으며 착함이 한결같다. 글씨 또한 이 같아 가히 한마디로
한다면 '무던하다'고 하겠다. 애초 작은 재주를 멀리하고 괴기한 것을
싫어하며 시종 우직하고 화태도 없어 마치 이른바 강원도 감자바위
같다. 절로 두터우면서 정감이 있어 이 때문에 밉지도 싫지도 않다.

더욱이 고문을 알고 겸하여 시도 잘해 서단에서 두루 안다.

이후 여기에 머무르지 않고 옛 껍질 벗고 상승한다면 소요자여(逍遙自如) 할 것이다. 이에 고시(古詩) 두 수를 지어 계기삼아 내 스스로의 바람도 아울러 부친다.

을미년 12월 23일

1)
寧越精氣受　영월의 정기 받아
土頭石巖然　감자바위처럼
粗重有情感　투박해 정감 있고
筆厚遠嬋娟　획도 두터워 고운 것 멀리한다
一念索正路　일념으로 바른길 찾고
詩文久窮研　시문 궁구도 오래
墨光爲澄澈　먹빛만 맑다면
誰也得比肩　누구라 비견하리

2)
從次又十載　이에서 다시 10년
究竟九硯穿　아홉 벼루 뚫어지면
自覺墨光奧　절로 묵광오묘 깨닫고
下筆如雲烟　붓대면 운연 발묵하리라
逍遙自如處　유유자적 하는 곳에
何用舊蹄筌　옛 도구 어디 쓰랴
同歸諸家列　제가대열에 같이 돌아가
逸品後世傳　일품을 후세에 전하세나

望書界回生 서예계의 회생을 바라며

今番學期, 指導圓光大學校美術大學美術敎育科碩士生李度永吉笑談兩人論文而畢也.

昨日, 審査成均館大學校大學院儒學科東洋美學專攻者辛玉珠·金順玉·金美禮·陳理婆及儒敎哲學專攻者韓相一等共五人博士論文而畢矣.

夫其碩博士無有前途於斯界, 而年年不絕, 此言將以致用, 必有將來也否?

乙未 十二月 三十日

이번학기에 원광대학교미술대학 미술교육과 석사생 이도영 김소담 두 사람 논문을 지도하여 마쳤다.

어제는 성균관대학교대학원 유학과 동양미술전공자 신옥주 김순옥 김미례 진리바와 유교철학전공자 한상일 등 모두 다섯 명의 박사논문을 심사하여 마쳤다.

석박사가 사계에 전도가 없음에도 해마다 끊이지 않는데 이는 장차 쓰임이 있으며 반드시 장래가 있다는 것을 말하는 것이 아닐까?

을미년 12월 30일

書系風前燈火似　서예과는 풍전등화 같은데
學人雲似集成均　학인 구름같이 성균관대학에 모여든다
二旬博士連而出　스무 해 박사들 해마다 내놓으니
斯界回生日竟臻　서예계 회생할 날 마침내 이르리라

自責而誓元旦 원단에 자책하며 다짐하다

維迎八八之歲吉日早晨, 痛感歲月如流也. 雖虛送二旬於臨池,
屬文綴詩爲事, 或有所心滿意足, 而以書家一人懷一片空虛也.
　　夫自明年, 欲以盡力於翰墨, 而比來切感日衰, 令人悲傷. 是以
目下, 莫先致力養生, 不然, 奈何邁進一旬於上乘也哉!

丙申 陽元旦

　　64세의 첫날 새벽을 맞으니 세월이 물 흐름 같다는 것을 통감한
다. 비록 글씨에 이십년을 허송하면서 글 짓고 시 짓는 것으로 일삼
으며 혹 뿌듯함도 있었으나 서예가의 한 사람으로서 가득한 공허함
도 품고 있다.
　　내년부터 글씨에 진력하려는데 요사이 절감하는 날로 쇠함이 애닯
게 한다. 때문에 목하 양생에 치력하는 것보다 우선은 없으리라. 그
렇지 않고서야 어떻게 상승에 십 년을 매진하겠는가!

병신년 양 원단에

乙未無痕去	을미년은 자취 없이 가버리고
空添一歲年	나이만 한 살 더하누나
虛驕騷客恧	시인이라 자부 부끄럽고
自命筆家悁	서예가란 자처 시름겹다
埋怨桑楡誤	늙었다 원망은 잘못
爲辭困憊愆	지쳤다 변명도 허물
將來成晩節	앞날은 마무리 이룰 시기
至要養生專	지요(至要)는 오직 양생일지니

思今日絕倫書家而夢十年之功

오늘의 빼어난 서가를 생각하며 십년공부를 꿈꾸다

如初書藝館紀念展圖錄受之而觀, 拙書爲其中拙作. 內疚于心而慚愧之餘, 尋思今日書家之絕, 如石軒篆·漲潮韓文·松下隷爲絕倫, 竹林雲臺行草爲次之, 此外殆不足道也. 拙草亦可夾其伍, 尙未得獨具面目, 且亦爲所以不足道也.

蓋往來益京近三旬, 心懷分散, 惟敎授爲事, 又其一旬餘間, 屬文綴詩自娛, 而頗忽臨池, 今日之果乃理所當然矣.

自明年起, 心中所求其積功十載, 此亦只爲盾牌, 卽爲自慰而已, 當今所以不得決行, 乃是我自畫也.

丙申 陽正月 二日

여초서예관기념전 도록을 받고 살펴보니 내 글씨가 그중의 졸작이다. 마음에 걸려 부끄러워 하는 나머지 오늘날 서가의 빼어남을 곰곰히 생각했다. 석헌 전서 밀물 한글 송하 예서가 무리에서 빼어나고 죽림과 운대의 행초가 그 다음이다. 그밖에는 족히 말할 것이 못된다. 내 초서도 그 축에 끼기는 하지만 아직 독구면목하지 못했기에 또한 족히 거론할 만한 것이 못 된다.

익산 서울을 근 30년 왕래하면서 마음이 분산되어 오직 가르치는 것을 일삼았고 또 십여 년 간은 문장 짓고 시 짓기에 자오였으나 자못 글씨를 소홀히 하였다. 오늘의 결과는 당연한 이치이다.

내년부터 10년 공부가 심중에 갈구하는 바이나 이 역시 다만 구실이요 곧 스스로의 위안이 될 뿐이다. 지금 바로 결행하지 못하는 것은 곧 나의 한계이다.

병신년 양정월 2일

1)
幾百書家在　수백의 서예가 있지만
誰人是絶倫　누가 기중 빼어난가
先言林崔白　석헌 밀물 송하를 먼저 이르고
次賞鄭丁頻　죽림 운대도 자주 칭찬한다

2)
我夾渠行列　나도 그 대열에 끼지만
惟言善寫人　단지 잘 쓰는 사람이라 할 뿐
猶無成獨面　아직도 홀로의 모습 못 이룸은
虛送二旬因　이십년 허송한 때문

3)
明年起一旬　내년부터 10년
自誓盡渾身　혼신을 다하리라 맹세한다네
逸少何人也　왕희지인들 누구겠냐 하는 사이
終能脫舊陳　끝내 옛 모습 벗겠지

4)
一切於心在　일체는 마음에 있으니
成功曷不臻　성공에 어찌 이르지 못 하리
年深日久一　일구월심이면
亦助佑天神　천신도 도우시겠지

手機遺失 핸드폰을 잃어버리고

　昨夜醉而乘的士, 手機放之而下, 不過數分後打電, 已熄電源, 而終不得索之矣. 今日尋手機代理店, 購買新 Galaxy six, 其店員曰, "這間遺之而回收百一, 是賣而取錢故也."
　夫手機爲分身其一已久, 人皆所知, 還主乃當, 處景如此, 可知人心險惡之甚. 嗟夫! 人情紙薄, 事事計較金錢, 何至於斯, 何爲如此乎.

丙申 陽正月 四日

　어젯밤 취해서 택시 탔다가 핸드폰을 두고 내려 불과 몇 분 후에 전화했더니 이미 전원이 꺼져 있어 끝내 찾지 못하였다. 오늘 핸드폰 대리점을 찾아 새로 Galaxy six를 사는데 점원이 이르기를 "요즘 잃어버린 뒤 찾는 것이 백에 하나이다. 이는 팔아 돈을 취할 수 있기 때문이다"라고 한다.
　핸드폰이 분신의 하나가 된지 오래 이를 사람들 다 아는 바 돌려주는게 당연하리오만 경우가 이와 같다. 가히 인심의 험악함이 심함을 알겠다. 아! 인정은 종이짝같이 얇고 일마다 돈만 따진다. 어찌 이에 이르렀으며 어찌 이같이 되었단 말인가.

병신년 양정월 4일

何事人心奸惡甚　인심 어찌 이리도 간악한가
爲錢臟物不歸還　돈 위해 장물을 돌려주지 않는구나
手機皆了分身一　핸드폰 분신의 하나임을 다 알겠거니
無恥無惶作厚顔　부끄럼도 두려움도 없이 두꺼운 낯짝 되는구나

到桂林 게림에 이르러

善墨會會長河丁博士外, 嘉林·研宇·平川·京來·翠谷·章石·誠山·賢亭·枓堂·魯境·孔氏五姊妹順英順姬專姬瑞永娟姬等共十六人, 昨日下午九時半頃出發仁川, 今日凌晨丑時之初, 到桂林大公館酒店.

於是, 文功烈黃曉夫妻備酒肴而迎吾等, 歡喜無盡, 一飮十杯.

凡十餘年前, 曾聞桂林山水甲天下之譽, 與瀾濤散人訪此. 果然到處風光如畫, 引人入勝, 歎觀止矣, 想起則宛然在目. 然而, 蓋今次遠路, 別有異趣, 蓋以其同行之人與前相異, 又在文黃夫婦故也.

병신 양정월 팔일 이른 새벽 8067호 객실

선묵회장 하정박사외 가림 연우 평천 경래 취곡 장석 규당 성산 현정 노경 공씨 오자매 순영 순희 전희 서영 연희 등 모두 열 여섯이서 어제 오후 9시 반경 인천을 출발하여 오늘 꼭두새벽 한시 남짓 계림 대공관 호텔에 도착하였다.

이때에 문공열 황효 부처가 술과 안주를 마련하고 우리를 맞이하여 그지없는 기쁨에 그 자리에서 열 잔을 마셨다.

십여 년 전 이미 계림산수갑천하란 기림을 듣고 란도 산인과 여기를 방문했다. 아니나 다를까 도처의 풍광이 그림 같아 사람을 황홀케 하여 감탄해 마지않았는데 생각하니 눈에 완연하다.

그러나 아마 이번 원로에 달리 또 다른 흥치가 있으리니 동행이 서로 다르고 또 문박사 황효여사 부부가 있어서일 것이다.

병신년 양정월 8일 이른 아침 8067호 객실에서

山水風光天下甲　산수 풍광이 천하제일이라
桂林累世譽球村　계림 땅 누세토록 기려져 왔다네
神奇峯在知人在　신기한 봉우리 있고 지인도 있으니
日夜應須欲斷魂　밤낮으로 필시 넋이 나가겠구나

漓江乘船 리강에서 배를 타다

昨日上午九時出大公館酒店, 登臨疊彩山而鳥瞰桂林市內, 適
冠岩景區而漫步洞窟. 又到漓江, 乘船而觀其如詩如畫之景.

丙申 陽正月 九日

어제 오전 9시 호텔을 나와 첩채산에 올라 계림시내를 내려다보았
고 관암경관 구역에 가 동굴을 자유로이 걸었다. 또 리강에 이르러
배타고 시 같고 그림 같은 경치를 보았다.

병신년 양정월 9일

江心流速急　강심에 유속 빨라도
上溯反從容　역류하는 배 고요하다
飛鳥江邊歇　날던 새 강변에 쉬고
遊人甲上悰　여행객 갑판 위에 즐겁다
遙遙開水面　아득히 수면 펼쳐지고
疊疊聳山峯　첩첩 산봉우리 솟아있다
畫似雲烟發　그림같이 안개구름 피어나는 이곳에
無窮詩意逢　끝없는 시적정취 만난다.

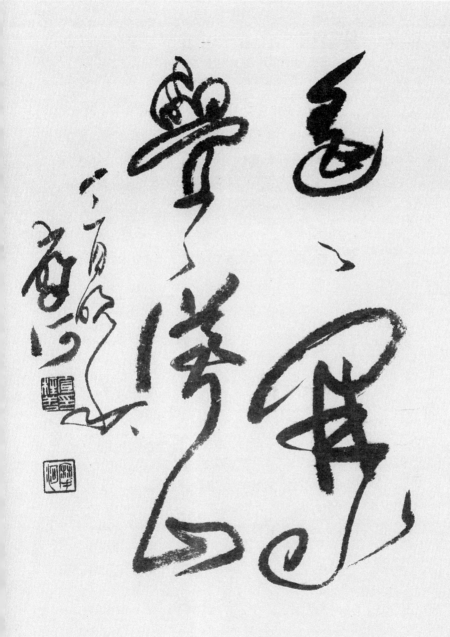

腦子一片空白 기억이 나지 않아

旅遊三日次, 巳時初出門, 登臨穿山及相公山, 至中食, 飮白酒
累杯, 乘船而經世外桃園. 下船後至未時, 乘車而向陽朔, 於是,
頗有寒氣, 與章石魯境兩居士再添白酒累杯. 於焉之間, 至陽朔而
觀一千四百年生榕樹, 夕食後, 七時半頃, 投陽朔碧蓮江景大酒店
而宿.

嗟夫! 寅時起寢而回想昨日, 其白酒累添於車內而後, 腦子一片
空白, 凡三時辰一無憶之. 誠可謂身來陽朔而心似不來陽朔也.

丙申 陽正月 十日 2123號客房

여행 사흘 차 9시에 문을 나서 천산과 상공산을 오르고 중식에 이
르러 빼갈을 여러 잔 마시고는 배타고 세외도원을 지났다. 배에서
내려 3시쯤 되어 차를 타고 양삭으로 향하는데 이때 자못 한기가 있
어 장석 노경 두 거사와 다시 빼갈을 여러 잔 더하였다. 어언지간 양
삭에 이르러 1400년생 용수를 보고 석식 후에 일곱시 반경 양삭 벽
련강경호텔에 투숙하였다.

아! 인시에 일어나 어제를 회상하니 차내에서 빼갈을 여러 잔 더한
이후 머리가 텅 비어서는 무릇 6시간이 기억이 없다. 진실로 가히 양
삭에 오지 않았다고 이를만하다.

병신년 양정월 10일 2123호 객실에서

1)

喝酒何如學　술은 어찌 배워
年年枉洗肝　부질없이 간을 씻어왔나
朋間頻痛飮　통음하길 벗들과 자주 하고
與弟忘形歡　체면 잃고 제자들과 즐겼네

2)

間間無記憶　간간히 기억 안 나
自駭自心酸　놀라 마음 쓰렸고
恐或爲紕漏　혹 실수했을까
明天悔又歎　담날 후회하고 한탄했다네

3)

大醉終無憶　대취하면 기억 없어
心中愧又慱　부끄러워 다시 근심하다가
向人惝量問　어제 일 남들에게 떠보아 물어보면
醉否不知端　취했는지조차 몰랐다고 하네

4)

今爲行旅客　이제 여행객 되어
三日白干忱　삼일 빼갈을 탐하고는
醒後空回想　깨어서 회상해 보니
初無陽朔看　애당초 양삭을 온 배 없음이어라

登臨堯山　요산에 오르다

昨日上午九時, 雨中離旅舍, 適雨歇, 向堯山. 夫嘗聞堯山高90
3公尺, 內心能瞰桂林全景, 喜而赴之, 然, 烟霧瀰漫而咫尺不分,
頗以爲恨.

竟用索道提升機, 兩人分條而上, 所需其二十分間, 皆爲恰似雲
中飛禽然. 少焉, 登頂上而觀堯像兼十二支菩薩像, 下行而至山麓,
雲霧消散, 下望人境, 山半舍半信如水彩畵一幅, 歎聲無已矣.

丙申 陽正月 十一日 凌晨向仁川機內

어제 오전 9시 비 가운데 호텔을 떠났는데 마침 비 그쳐 요산으로
향했다. 일찍이 요산높이가 903m라고 들어온지라 내심 계림전경을
내려다 볼 수 있으리라 하고 기쁘게 갔지만 안개가 꽉 차 지척불분이
어서 자못 안타까웠다.

마침내 리프트를 타고 두 사람이 한 조가 되어 올랐는데 소요되는
20분간 모두 구름속의 새 같았다.

얼마 있다가 정상에 올라 요임금 상과 12지 보살상을 보고 하행하
여 산록에 이르렀는데 운무가 사라져 아래로 인경을 바라보니 반은
산 반은 집들인데 실로 마치 수채화 한 폭 같아 탄성을 그만둘 수 없
었다.

병신년 양정월 11일 새벽 인천행 기내에서

1)

提升機載身	리프트에 몸을 실은
五里霧中人	오리무중 우리들
仙境東西盡	선경이 천지인데
何須人事陳	하필 인간의 일 말하랴

2)

機中相下望	리프트에서 아래를 바라보니
人境俗微塵	인간 속세로구나
終不雲消散	안개구름 걷히지 않았더라면
雲中鶴似人	구름 속 백학 같은 사람이었거늘

桂林晚餐 게림의 만찬

昨天下堯山, 中食後加柏民博士, 經虞山公園, 薄暮之際受全身
按摩, 參席晚餐於壽木漁火食堂. 此宴乃文黃夫婦所以請也.

於是, 使十七人圍坐一室而品嘗山海珍味, 兼予膳物一一. 初日
迎接而備酒肴, 歸日載酒以隆重接待, 其感荷何可盡說也. 凭以
今次旅程, 滿喫風光而游目騁懷, 又受厚意以醞釀感情, 眞是畢
生難忘之事也.

丙申 陽正月 十二日 歸山房

어제 요산을 내려와 점심 후 백민박사를 더하여 우산공원을 경유
하고 저녁나절 전신안마를 받고 수목어화식당에서 만찬에 참석하였
다. 이는 문박사와 황효여사가 내는 것이다.

이때 17명을 둥글게 앉게 하고는 산해진미를 맛보게 하고 겸하여
선물도 일일이 주었다. 첫날 영접하고 술과 안주도 갖추고 돌아오는
날 술자리도 융숭히 대접하니 그 고마움을 어찌 말로 다하겠는가! 이
번 여정을 틈타 풍광을 만끽함으로써 눈은 놀고 마음은 달리고 또 후
의도 받아 정을 쌓았으니 실로 평생 잊지 못할 일이다.

병신년 양정월 12일 산방에 돌아와서

處處眼前花　곳곳이 눈앞의 꽃에다
知人厚意佳　지인 후의 갸륵해라
淸緣何得忘　맑은 인연 어찌 잊으리
感載滿胷懷　감사의 마음 가슴에 가득하다

慨歎父母暴力 부모폭력을 개탄하며

夫據今日字朝鮮日報一面記事, 自2001至2014凡十五年間共一百二十六孩童爲父母所打而死云.

頃者, 子弑父母, 父母殺子, 何故至於斯乎! 大抵其悖倫之甚, 洵不知從何處下手矣. 人獸相違至近, 是誰之愆? 蓋都是無以念字, 何得一匡也! 將必受天降大虐也歟.

丙申 陽正月 十九日

오늘자 조선일보 1면 기사에 근거하면 2001년부터 2014년까지 15년간 모두 126명이 어린이가 부모에게 맞아서 죽었다고 한다.

요즈음 자식이 부모를 시해하고 부모가 자식을 죽인다. 어찌 이 지경에 이르렀는가! 그 패륜의 심함을 실로 어디부터 손을 대야할지 모르겠다. 사람과 금수와의 사이가 지극히도 가까움이 누구의 잘못이냐? 모두 글을 읽지 않아서이리니 어떻게 한바탕 바로잡겠는가! 장차 천벌을 받을 것이다.

병신년 양정월 19일

古來槿域重人倫　예부터 근역에 인륜을 중히 했건만
何事今麻木不仁　어찌 오늘 무감각해져 버렸는가
父子相間頻弑殺　부모 자식 간에 죽임이 빈번하니
寸如人獸遂爲隣　사람과 짐승이 어느덧 촌수 같은 이웃이어라

暴雪寒波强打球村　폭설한파가 지구를 강타하다

本月十九日起一週間, 每日爲零下十度以下, 漢江結氷, 仁川
海岸亦凍結也. 甚至濟州因雪, 航路杜絶, 凡九萬七千旅客困住
三日間.

聽道, 台灣日氣陡降而爲零上三度, 以其低體溫症死亡八十五
人, 中國廣東省廣州以八十七年後下雪, 美國中東部因大雪暴風
致死二十八人.

此暴雪寒波大亂, 卽溫暖化爲其因云云, 可謂天地上火也.

丙申 陽正月 二十六日

이번 달 19일 부터 일주간 매일 영하 10°이하여서 한강이 얼고 인
천해안도 얼어붙었다. 심지어 제주는 눈 때문에 항로가 두절되고 9
만7천 명의 여행객들이 3일간 발이 묶였다.

듣자하니, 대만날씨가 하강하여 영상 3°가 되어 저체온증으로 85
명이 죽었고 중국 광동성 광주에는 87년 만에 눈이 왔다고 하며 미
국 중동부는 대설 폭풍 때문에 28명이 죽었다고 한다.

이 폭설한파대란은 온난화가 그 원인이라고 말들 한다. 가히 천지
가 화가 났다고 이를 만하다.

병신년 양정월 26일

溫暖應爲日暖和	온난하면 응당 따뜻해야 되련만
而非大雪乃寒波	폭설 아니면 곧 한파다
自然毁滅人空促	자연훼멸을 인간들 재촉터니
天氣罹深莫治痾	날씨 깊은 병 치유할 수 없구나

改換知人之名 지인들 이름을 고치고

曩者, 雖改人名, 而難改籍, 如今易矣.

兩年前, 蓮心行金英任女士請改名, 以換南希, 此隨其兩妹兌姬·度希之尾字胡止切而改之者也. 近日知人朴春美女士羨金氏換名, 又請之, 改換秀娟.

高校時節, 作名法偸學嚴父, 陰陽五行數理格五音等熟悉已久. 時時命新生兒名, 近間間間改名. 然而, 此亦僭之一事而已矣.

丙申 陽正月 三十日

전엔 비록 이름을 고쳐도 호적에 바꾸기가 어려웠는데 이제는 어렵지 않다.

두 해 전 연심행 김영임여사가 개명을 청하여 '남희'로 바꾸었는데 이는 그의 두 동생 태희와 도희의 끝자 '희' 발음을 따라 고친 것이다. 근일 지인 박춘미여사가 김씨가 이름 바꾼 것을 부러워하다가 다시 청하여 '수연'으로 바꾸었다.

고교시절 작명법을 아버지한테 어깨 너머로 배워 음양 오행 수리 격 오음 등을 익힌 지 오래다. 때때로 신생아 이름을 지었고 근간에는 간간히 개명한다. 그러나 다만 주제넘는 것을 일삼을 뿐이다.

병신년 양정월 30일

人名方八字　이름은 팔자와 대등하니
莫重命佳名　좋은 이름 짓는 것 막중하다
數理陰陽格　수리와 음양과 격
相生合五行　상생하여 오행도 맞아야 된다

悖謬之極 황당의 지극이고나

曩者, 父母殺初等生兒, 毀損尸身而置之於氷箱四年, 世人驚愕矣.

今日又發見十三歲中等生女兒腐敗尸軀於其見包被衾之中. 尤令人震駭, 以其父卽某教會擔任牧師某神學大學兼任敎授, 爲德國神學大學博士之名望人士也.

聽道, 其父李氏與繼母, 去年三月打殺而放置, 爲之除臭, 室內處處, 置之芳香若除濕劑云, 更爲可觀, 盲信復活, 點燭以祈云云. 呵! 殺之何心, 禱之何心? 不可理喻, 固悖謬之極也.

丙申 二月 三日

접때, 부모가 초등생 아들을 죽이고 시신을 훼손하여 냉장고에 4년을 방치하여 세상 사람들이 놀랐다.

오늘 다시 이불에 싸여진 속에서 13세 중학생 딸의 부패된 시신이 발견되었다.

더욱 사람을 깜짝 놀라게 한 것은 그의 아버지가 모 교회 담임목사요 모 신학대학 겸임교수요 독일신학박사인 명망 있는 사람이기 때문이었다.

듣자하니, 아버지 이씨와 계모가 작년 3월에 타살하여 방치하고는 냄새를 제거하기 위해 실내 곳곳에 방향제와 제습제를 놓아두었다고 한다. 더욱 가관은 부활을 맹신하여 촛불 밝히고 기도했다고도 한다.

아! 죽일 때는 무슨 마음이고 부활기도는 그 무슨 마음일까? 이치로 비유할 수 없고 진실로 황당의 극치로구나.

병신년 2월 3일

1)

尸身久在能安睡　시신을 오래두고 단잠 자질까
臭發沖天可日常　냄새 찌를 텐데 일상이 가능할까
復活祈神虛妄事　부활을 기도했다니 허망한 일이요
芳香除濕固荒唐　방향제 제습기 실로 황당이로다

2)

人面獸心多像季　인면수심 많기로서니
兒尸放舍度尋常　자식 시신 두고 아무 일 없는 듯 지내다니
況乎牧者如斯惡　목자가 이처럼 모질진대
何望常人做得良　어찌 보통사람 착하길 바랄까

過黃喜政丞遺蹟址 황희정승유적지를 지나며

迎立春, 與朴秀娟金南希兩女士之普光寺, 經行臨津閣, 又尋其
隣近文山邑沙鷺里所在黃喜政丞遺蹟址.

此址時在一九六二年, 復元全貌, 而還無有古蒼, 尤其鐵條網阻
碍臨津江, 凄愴無垠. 是以懷抱寂寞之感而歸矣.

丙申 二月 六日

입춘을 맞아 박수연 김남희 두 여사와 보광사에 갔다가 임진각에 들
르고 다시 그 인근 문산읍 사목리에 있는 황희정승 유적지를 찾았다.

이곳은 1962년에 완전하게 복원했지만 오히려 고창함 없는데다가
철조망이 임진강을 가로막고 있어 삭막하기 그지없다. 때문에 적막
지감만 품고 돌아왔다.

병신년 2월 6일

往日臨江娛勝景　그 옛날 강에 임해 승경을 즐기려
八旬廉相卜淸居　팔순 청렴재상 터 잡았으련만
長連遏網令人痛　길게 이어진 철망 마음 이리 아파도
鷗獨無心昔一如　갈매기 무심만은 옛과 같으리

祝善墨會員諸位之祺於元旦

원단에 선묵회원 제위의 복됨을 축원하며

維値歲在丙申, 方爲六十四年矣. 聽道, 男性之生理循環是隨八
其倍數之列, 女乃七之自乘周期也, 是以, 女卽二七初迎經期, 七
七爲閉, 男卽二八始以生精, 八八爲止, 此各爲育齡期間也. 以此
言之, 則我當其雙八, 將無得生産, 可笑可笑, 可謂退物.

但不管如何, 元旦以迎, 淨身齋戒, 祈佛新年, 和答手機文字之
餘, 治四言十韻, 送善墨會群聊焉.

丙申 二月 八日

병신년을 맞았으니 바야흐로 64세다. 듣자니, 남자의 생태순환은
8의 배수의 주기를 따르고 여자는 7의 자승주기를 따른다고 한다.
때문에 여자는 14에 초경을 맞고 49에 달하며 남자는 16세에 정(精)
이 생겨 64에 그치니 이는 각각의 가임기간이 되는 것이라고 한다.
이로 말하면 내 64를 맞았으니 장차 생산할 수 없다. 우습고 우습구
나 가히 퇴물이라 이를 만하다.

그렇든 말든 간에 원단을 맞아 몸과 마음을 깨끗이 하고 부처님께
신년을 빌고 핸드폰 문자회답을 하는 끝에 4언 열구를 지어 선묵회
단톡방에 보냈다.

병신년 2월 8일

快快樂樂　즐거워라
是年丙申　병신 새해여
家家戶戶　집집마다
祥集福臻　상서 복 이르리라
念念所求　마음 속 바라는 것
一一循循　다 순조롭고
愁心隨雁　근심은 기러기 편에 보내지고
康寧在身　강녕만이 있으오리
孜孜發憤　열심분발에
無時諄諄　늘 정성스러우리니
推尋義理　이치 캐면서
日新又新　새롭고 새로울 터
筆歌進逼　붓질 다가가
季輕振振　젊은이는 왕성하고
自娛墨舞　발묵 자오하며
老大回春　늙은이는 회춘하리
入堂和悅　들러는 화목하고
出見大賓　날러는 큰 손님 맞으며
一華世界　꽃 같은 이 세상
謝中日親　감사 속에 날로날로 가까우리

回想書壇拜季風氣 서단의 세배풍기를 회상하며

凡四旬以前, 所謂國展時代而言, 招待若推薦作家與出品作家
間序列森嚴, 尊元老, 重先輩, 自少壯, 以至於重年, 每年訪重鎮
元老書家而拜季矣.

我亦從弱冠之時, 値新年, 無論吾師月堂·是菴·鐵農三位先生,
每向一中·南丁·鶴南·東江·夏村·平步先生等之府, 帶微禮而訪,
拜季後, 或飮屠蘇, 或喫淸茶矣. 蓋我爲其最後一人於書壇也.

近間亦與霧林菖石兩兄, 登門造訪東江先生, 此以其所不能負美
風傳統也. 如今, 友竹·松泉·丘堂·艸丁等諸位先生已爲元老, 而
其門下之外, 孰人朝謁也. 此風氣之泯, 雖由在於世態之變, 而言
不在威嚴於書壇, 亦謂不在序列於斯界焉. 又與其士人風度泯滅,
同出一轍也.

丙申 二月 九日

무릇 40년 이전 소위 국전시대로 말하면 초대 추천작가와 출품작
가 사이 서열이 삼엄하였고, 원로를 높이고 선배를 중히 여겨 젊은이
로부터 중년에 이르기까지 매년 중진원로서가를 찾아 세배하였다.

나도 약관시절부터 신년을 맞으면 우리 월당 시암 철농 세 분 선생
님은 물론, 일중 남정 학남 동강 하촌 평보선생 등의 집을 향해 작은
선물을 들고 방문하여 세배 후 혹 도소주를 마시고 혹은 차를 마시곤
했다. 아마 내가 서단에서 그 마지막 한 사람일 것이다.

근간에도 무림 창석 두 형하고 동강선생을 찾아뵙는데 이는 미풍의 전통을 저버릴 수 없기 때문이다. 오늘날 우죽 송천 구당 초정 등 제위선생이 이미 원로가 되었지만 그 문하생 외 어느 사람이 찾을까.

이 풍기의 사라짐은 비록 이유가 세태의 변화에 있겠지만 서단에 위엄이 없음을 말하는 것이요 또 사계에 서열이 없음을 이르는 것이다. 또 선비의 풍도가 사라진 것과 궤를 같이 한 것이리라.

병신년 2월 9일

昔年元月拜季時　예전 정월에 세배한 그 시절
序列森嚴誰也知　이제 누가 삼엄한 서열 알까
士氣威容捐已久　선비기상도 위용도 다 버린지 오래
當然斯界至陵夷　서단이 허물어진 것 당연한 일일레

屬坐鐘禪室記 <small>좌종선실기를 짓다</small>

善墨會會長河丁全相摹教授求予曾所命坐鐘禪室之記, 乃應之而屬文如下.

"大抵佛門有三千威儀, 坐如鐘乃其中一也.

河丁居士而入許也, 迷醉銀鉤於鐘閣隣近堅志洞所在一書樓, 於是, 頗有驕傲, 動潦草, 輒險絶. 是以欲令克制, 又爲勖勉, 以示一號, 曰坐鐘禪室.

夫其坐鐘, 端肅威儀, 搖之不動, 苟得効仿, 內檢其心, 外束其身矣.

居士曾以坐鐘之志, 遠野狐, 時入定, 果不其然, 是年七八, 已捐險絶, 歸乎平正, 淵博書論, 而兼美學, 爲人所賞. 此乃理所當然, 不期然而然者也. 嗚呼, 其正名之重, 於斯可見也已."

丙申 二月 十日

선묵회 회장 하정전상모교수가 내 일찍이 명명한 좌종선실의 기문을 부탁하여 응해서 아래와 같이 지었다.

"대저 불문에 3000의 위엄 있는 자세가 있는데 좌여종(坐如鐘)이 곧 그 중의 하나다.

하정거사가 30쯤에 종각 인근 견지동에 있는 하정서루에서 글씨에 빠졌었는데, 자못 교만하고 걸핏 날리고 자칫 위험하였다. 때문에 자제케 하고 또 격려하려고 당호 하나를 제시했는데 이것이 곧 좌종선실이다.

무릇 그 좌종이란 단정하고 엄숙한 위엄 있는 모습으로 요지부동이라 만일 이를 본받는다면 안으로 마음을 점검하고 밖으로 몸을 단속할 수 있는 것이다.

거사는 일찍이 좌종의 의지로서 야호(野狐)를 멀리하고 때로 입정
하듯 하였다. 아니나 다를까 올 56세에 험절(險絶)을 다 버리고 평정
으로 돌아갔고 서론에 깊고 미학도 겸하여 사람들에게 칭송된다. 이
는 곧 이치의 당연함이요 그리되기를 바라지 않았는데도 그렇게 된
것이다. 아! 명분을 바로 한다는 것의 중함을 이에서 본다."

병신년 2월 10일

1)

坐鐘禪室緣何命　좌종선실 어떻게 지었냐하면
咫尺書樓鐘閣因　서실이 종각지척에 있었기에
勖勉孜孜令克制　그리고 면려하고 자제케 하여
以期他日晩成人　훗날 대기만성하길 바랬기에

2)

偶得坐鐘禪室命　좌종선실 당호 얻고는
從玆自遠野狐行　이로부터 자신허상 멀리했다네
無時用力書人熟　때 없이 힘써 글씨 사람 익었기에
得見於斯効正名　예서 정명(正名)의 효험을 보았네

過畢業典禮 졸업식을 치르고

圓光大學校當局內定今年起無以擧行卒業典禮, 而多少卒業豫
定者願之, 又論難亦紛紛, 使各系過之矣. 是以, 去益山, 午時初,
至校庭, 人迹寥若晨星, 反而處處有賣花商人, 乃可知典禮之日.
敝系而言, 廢止後初以迎之, 具淸美外女生六人若中國留學生
張克博士參席, 簡陋以擧之矣.

丙申 二月 十九日

원광대학교당국이 올부터 졸업식 없음을 내정하였으나 다소의 졸
업예정자들이 원하고 또 논란도 분분하여 각 과에서 치르게 하였다.
이 때문에 11시쯤 교정에 이르니 인적 드물기가 새벽별 같은데 오히
려 곳곳에 꽃 파는 상인들이 있어 졸업식 날인지를 가히 감지할 정도
였다.
우리 과로 말하면 폐지 후 처음 만나는 전례인데 구청미 외 여학
생이 여섯과 중국유학생 장극박사가 참석하여 간단하게 치르고 말
았다.

병신년 2월 19일

往年典禮講堂前	지난날 졸업식이면 강당 앞에
制服諸生自敬虔	제복 입은 제생들 절로 경건 했다네
爲祝人波成市鬧	축하인파로 저잣거리 되었고
抱胃花束勝園娟	품은 꽃다발 화원보다 빼어났었다네
恩師臨別怡含笑	스승은 기뻐 미소 머금고 이별했고
晚輩迫離悅吐譠	후배들 즐거워 수다 떨며 헤어졌다네
浪漫而今爲侈話	낭만도 이제 사치의 말이 되었고
旣非慶事孰開筵	이미 경사도 아니니 누가 자리를 펴리

聞張克見位重慶西南大學教授之訊

장극이 중경서남대학 서예과 교수가 된 **소**식 듣고

上學期, 中國人留學生張克君獲得博士學位於敝大學院書藝學科, 見位重慶大學書法系.

凡五年間, 爲益山客, 誠以求學, 其人品亦好, 人皆喜愛. 克曾受漢詩研究東洋思想研究等講座之際, 予旣知其才藝峻拔而深學問, 果不其然, 竟成心願, 欣然無已.

噫, 中國人得書法所有關博士學位, 奉邀到處, 而於我國只有其名分耳.   丙申 二月 二十五日

지난학기에 중국인유학생 장극군이 우리 대학원 서예학과에서 박사학위를 받고 중경서남대학 서예과에 자리 잡았다.

무릇 5년간 익산 객이 되어 성실히 구학하였고 그 인품도 좋아 사람들이 모두 좋아하였다. 장극이 일찍이 한시연구나 동양사상연구등을 수강할 제 내 이미 재예가 빼어나면서 학문이 깊다는 것을 알았는데 아니나 다를까 마침내 심원을 이루니 흔연함 그만둘 수 없다.

아! 중국인은 서법유관의 박사학위를 받으면 도처에서 모셔가는데 우리나라에선 다만 간판 하나 소유할 뿐이다.

병신년 2월 25일

博士於華盡奉邀	박사 중국에선 다 초빙되는데
吾今無用第徒勞	우린 무용지물 헛수고 일뿐
殿堂一系猶難守	대학에서 과조차 지킬 수 없으니
手刺惟彰反愧號	명함에 올릴 뿐 부르는 것조차 부끄럽다

哲順來韓姊妹會晤

철순이가 내한하여 자매들이 모이다

昨日，爲之藝術殿堂一萬字展取材，日本美術新聞社編輯部主任多琴梁哲順來韓．今日薄暮，先見之於耕仁美術館茶室，少焉，同行景福宮驛飮食文化街巷，相逢林如鄭善珠文會具淸美，共六人談笑而和樂，不知夜深．

於是，相互問津，相約日新，其隨時晤面，豈徒然歟！

丙申 二月 二十九日

어제, 예술의전당 일만자전을 취재하기 위해 일본미술신문사 편집 부주임 다금 양철순이 한국에 왔다. 오늘 저녁나절 먼저 경인미술관 다실에서 먼저 만나 얼마 있다가 경복궁역 음식문화거리에 동행하여 임여, 정선주, 문회, 구청미와 상봉하였다. 모두 여섯이서 담소하며 즐거워 밤이 으슥한지도 몰랐다.

이때 서로 길을 묻고 서로 날로 새로워지겠다 다짐하니 수시로 만나는 것이 어찌 공연한 일이겠는가!

병신년 2월 29일

契友處三邦　뜻맞는 벗 삼국에 사니
耽耽晤會當　응당 만나려 호시탐탐
問津時夢見　길 물으려 꿈에도 보고
自問自新方　스스로 새로워질 방법 자문도 한다네

贈靑雨居士 청우거사에게 주다

靑雨居士見邀招待展於楊平現代綜合練修院, 依賴賀詞, 喜而應之.

靑雨出于書香門第, 天性認眞樸素, 不容不義, 滑稽諧謔, 人人所好. 又佛心深厚, 彷彿衲子.

時在戊午(1978), 初見而相投於東國書道會, 一向友善, 其同庚舍弟柱梁辭世而後, 更以爲親弟久矣.

夫以其殘疾之身, 曾爲第一銀行一員, 棄之而投身書界, 而驗甘苦, 已至老矣. 今日其書而云, 克其軀缺, 正立意象, 終獨具面目於正音體書. 可言更愈其退休老醜也已.

惟願保以健康, 將亨三旬友誼焉.

丙申 三月 三日

청우거사가 양평현대종합수련원에서 초대전에 요청되어 축사를 의뢰하기에 기쁘게 응하였다.

청우는 선비집안에서 태어나 천성이 깐깐하고 소박하여 불의를 용납 못하며 유머와 해학이 있어 사람마다 좋아한다. 또 불심이 깊어 스님 방불하다.

무오(1978)년에 동국서도회에서 처음만나 의기투합하여 줄곧 잘 지냈고, 같은 나이인 동생 주양이가 세상 떠난 후 더욱 친아우같이 여긴지 오래다.

무릇 불구의 몸으로 일찍이 제일은행의 일원이 되었으나 던져버리고 서예계에 투신하여 감고를 겪으면서 이미 늙음에 이르렀다. 오늘의 그의 글씨로 말하면 신구의 하자를 극복하고 의상을 곧추세워 마침내 정음체 글씨에 홀로의 면목을 갖추었다. 가히 퇴직한 늙다리보다는 훨씬 낫다고 말할 수 있으리라.

오직 건강 지켜 앞으로 30년의 우의를 함께 향유하기를 바랄 뿐이다.

병신년 3월 3일

靑雨其人直　청우거사 사람됨 곧고
虛心氷壺澄　텅 빈 마음 얼음처럼 맑아라
自軀殘疾顧　불구의 몸 돌아보며
人體病邪矜　남의 병마 가엾게 여겼다네
曾負行家夢　일찍이 은행가의 꿈 저버리고
方甘荊路登　바야흐로 형극의 길 올라
難過成獨面　어려움 다 지내고 독자경지 이루었으니
斯界一明燈　우리 서단의 한 개 등불이어라

不肯教誡 타이르는 것이 버거지 않아

登校路上, 逢四年某男生而同行, 其生始終不讓先頭, 遺憾無
已. 於是 應誚乃可, 而自歎世態, 黙黙而行, 到門洞相分矣.

今日靑年初無禮節所學之會, 不知其隨行雁行, 亦不知朋不相
踰. 是以, 只知幷行比肩, 又以亂行耳, 而敎誨無用明若看火, 與
其誚之而爲嘮叨, 寧不如黙黙, 茫然不干, 何不痛哉.

嗟乎! 夫以敎育者一人不肯規勸, 袖手卷舌而已, 我之過也, 亦
世之愆也.　　　　　　　　　　　　　　　　　丙申 三月 八日

등교길에 4학년 어떤 남학생을 만나서 동행하는데 시종 선두를 양
보하지 않아 씁쓸하기 그지없었다. 이때에 응당 꾸짖어야 옳겠지만
세태를 자탄하며 묵묵히 걸어 현관에 이르러 서로 나뉘었다.

오늘날의 청년 애초 예절을 배울 기회가 없었기에 수행(隨行), 안
행(雁行)을 모르고 친구 간 서로 넘지 않는 것도 모른다. 때문에 다
만 병행하여 어깨를 나란히 하는 것만 알고 또 어지러이 행할 뿐인지
라 나무래 봐야 소용없을 것이 뻔해 꾸짖어 잔소리가 되기로는 차라
리 묵묵함만 못하리라 하면서 망연히 그만두었다. 어찌 맘 아프지 않
았겠는가!

아! 교육자의 한 사람으로 충고가 내키지 않고 입 다물고 수수방관
할 뿐이다. 나의 잘못이고 또한 세상의 허물이다.　　　병신년 3월 8일

禮節靑衿那得知　예절을 학생들이 어찌 알아
誰能隨雁準行之　누군들 같이 걷는 법도에 준하리
爲師不屑親規勸　스승이 되어 타이름도 내키지 않는구나
是自愆乎世上癨　내 잘못이냐 세상이 병든 것이냐

怕人工知能(AlphaGo)之怪力

알파고의 괴력이 무섭구나

世界上圍棋高手一人李世乭與谷歌(google)所開發人工智能展
開世紀對決, 李氏意外戰敗其一局於五番棋, 而全球震驚.
　此決戰乃非特人間與機器之對決, 且爲西洋科學之工與東洋精神
之奧間其較量, 全球人注目, 終爲西方世界所高呼快哉焉.
　夫人工智能, 今也始垮於人間始終所認爲其瞠乎後矣之最後堡
壘圍棋, 不能不以之驚愕. 我亦以愛棋家一人莫無缺憾. 靜觀其所
剩之四局而已矣.
丙申 三月 九日

세계적인 바둑고수의 한 사람 이세돌과 구글에서 개발한 인공지능
이 세기의 대결을 펼쳤다. 이씨가 의외로 5번 기에서 첫 판을 패하여
전 세계가 놀랐다.
　이 결전은 비단 인간과 기기의 대결일 뿐만 아니라 서양과학의 공
교와 동양정신의 오묘간의 겨룸이 되어 전구인이 주목했는데 결국
서방세계가 쾌재를 부름이 되었다.
　저 인공지능이 인간이 시종 따라잡을 수 없는 최후의 보루 바둑이
라 여겨온 것을 무너뜨렸으니 이에 경악하지 않을 수 없다. 나 또한
애기가의 한 사람으로서 유감스러운 점이 없지 않다. 나머지 4국을
조용히 바라볼 뿐이다.
병신년 3월 9일

棋道無窮無盡手	바둑의 무궁무진한 수
人輸器智畏相歎	기기지능에 지니 두려워 탄식한다
最終堡壘方虛壞	최후의 보루가 드디어 무너지다니
支配思惟造次間	금새 인간사유 지배하겠구나

李世乭一勝四敗於人工智能

이세돌이 인공지능한테 1승 4패하다

　李世乭九段於人工智能三敗後一勝, 處處呼快哉, 甚至或者流淚. 谷歌亦驚且賀, 而五局再敗, 凡一勝四敗以告終.

　全盤觀之, 恰如力不足然, 或少緩着, 能得匹敵云爾, 而敗者無言, 人擧不能不服. 然李氏鬪魂以臨, 尤其與所武裝一千零二個中央處理裝置, 狐單決戰而得一勝, 何不擊掌也.

　苟今棋界排名一位之柯潔再以對決, 則其結果如何? 忽然引起好奇心也.

丙申 三月 十五日

　이세돌 9단이 인공지능에게 3패 후 1승하여 곳곳에서 쾌재를 부르고 심지어 어떤 이는 눈물을 흘렸다. 구글도 놀라고 축하했지만 5국에서 다시 패하여 1승 4패로 막을 내렸다.

　전반적으로 흡사 역부족인듯 한데 혹 완착을 줄였더라면 능히 필적했겠다 싶기는 했지만 패자는 무언이요 사람들 모두 승복하지 않을 수 없었다. 그러나 이씨가 투혼으로 임하였고 더욱이 무장된 1002개의 중앙처리장치와 홀로 싸워 1승을 얻었으니 어찌 박수치지 않으랴.

　만일 지금 세계의 일인자 커제가 다시 대결한다면 결과가 어떠할까? 문득 호기심이 인다.

병신년 3월 15일

圍棋怪物人工智　바둑괴물 인공지능
緩着猶存投石知　완착도 있고 던질 줄도 안다
不料而今非敵手　예상외 지금도 적수가 아니니
卽來爲事法師時　곧 법으로 스승으로 섬기겠구나

畢丹陽申明植硯匠深層技倆調査

단양의 신명식 명장 심층기량조사를 마치고

去年炎夏, 爲之硯匠技量調査次, 訪保寧·丹陽·利川等地工房, 而見六人. 玆後, 無形文化財科委員諸位檢討而選定一人, 卽丹陽永春申明植氏是也. 是以, 爲之申氏深層技倆調査, 上周金曜十一日若月曜今日兩次, 與金三代子·文鳳宣兩位委員, 便乘朴益讃制作人於麻浦, 之永春而審議其一周間制作課程及完成.

本月之末, 題出檢討意見書, 經無形文化財科委員會議而得通過, 卽以告示, 若一個月內別無瑕疵提起, 乃爲硯匠重要無形文化財.

意者, 申氏技倆出衆, 人亦眞心實意, 無難以指定矣.

丙申 三月 二十一日

작년 염하에 벼루명장 기량조사차 보령단양 이천 등지의 공방을 방문하여 여섯사람을 만났다. 이후 무형문화재과 위원들이 검토하여 한사람을 뽑았는데 바로 단양 영춘의 신명식씨이다. 때문에 신씨의 심층기량조사를 위해 지난주 금요 11일과 월요 오늘 두 차례 김삼대자 문봉선 두 분 위원과 마포에서 박익찬 피디에 편승하여 영춘에 가서 일주일간의 제작과정과 완성을 심의하였다.

이달 말 검토의견서를 제출하여 무형문화재과위원 회의를 거쳐 통과되면 곧 고시하는데 만일 한 달 내 별다른 하자제기가 없으면 이에 연장중요무형문화재가 된다. 생각건대 신씨의 기량이 출중하고 사람도 신실하여 무난히 지정될 듯싶다.

병신년 3월 21일

永春一落工房處　영춘 마을 공방 있는 곳
紫粉飛揚滿地圍　자색가루 흩날려 사방을 둘렀구나
多少久研磨削刻　얼마나 오래 갈고 깎고 새겼기에
渾蒼眉髮皺深顔　머리 눈썹 희어지고 주름진 얼굴일까

過屠宰場回想先考之言

도축장을 지나며 부친말씀을 회상하다

    每番自黃登寓所, 經農路, 到圓大, 途中有屠畜場, 而聞其聲矣. 旣知孟子所云"君子聞其聲而不忍食其肉", 至正午, 與南江吳圭全大雅, 爲論文校正以相逢, 少焉, 尋黃登風物街所在肉膾拌飯也.

    予曾從先考聞一語, 卽"曾祖暫從牛市長居間之事, 雖不親殺之, 而或因以爲置于死地, 而後家門早死多矣, 所以不絶殃禍, 皆由是而生"云是也. 果不其然, 已聞曾祖早故, 三位三寸戰後遭遇手榴彈爆發事故而死, 弟家祖父以左翼見殺, 少時, 弟家一姑亦處女時悲觀白內障以盡, 復兩人舍弟亦歸土.

    蓋先考半百爲和尙, 薦度亡靈占位于先, 豈不關於此也哉!

    夫聽之而後, 誓不殺生, 或殺蚊子之外, 終不爲知之而殺, 然間間肉食, 亦爲間接殺生. 雖不嗜食, 而無絶之, 奈何.

丙申 三月 二十三日

    매번 황등 처소로부터 농로를 지나 원대에 이르는데 도중에 도축장이 있어 그 애절한 소리를 듣는다. 기왕 맹자 이르신 "군자란 죽어가는 애절한 소리를 듣고 그 고기를 차마 먹지 못한다."는 말씀을 알면서도 정오쯤 남강 오규전 하고 논문교정을 위해 만나서 얼마 있다가 황등 풍물거리 육회비빔밥을 찾았다.

    내 일찍이 선고께 한 말씀 들었는데 곧 "증조께서 잠시 우시장 거간 일을 보셨는데 비록 직접 죽인 일은 아니더라도 혹 사지로 몸이 되었기에 이후에 가문에 일찍 죽는 사람이 많고 앙화가 그치지 않은 것은 모두 이 때문에 생긴 것이다." 이르신 것이 그것이다.

아니나 다를까 이미 듣기를, 증조는 일찍 돌아가셨고 세분 삼촌은 전쟁이후 수류탄 폭발사고로 숨졌다 하고 작은집 조부는 전쟁 때 좌익으로 가셨다고 한다. 내 어려서도 작은집 고모 한 분은 처녀 때 백내장을 비관하다가 자진하였으며 다시 두 동생도 이미 저 세상에 있다.

아마도 선고께서 반백에 스님이 되어 망령의 천도를 우선으로 하셨는데 어찌 이와 무관할까. 무릇 이를 들은 이후 불살생을 맹세하고는 혹 모기를 잡는 것 외에 알고는 살생하지 않았으나 간간히 하는 육식도 역시 간접살생이다. 비록 즐겨 먹지는 않지만 끊지 못하니 어찌 하리!

병신년 3월 23일

1)

不殺諸生先考訓	불살생은 아버지 유훈
盟而不已撲雌蚊	그래도 암모기는 때려잡는다
無時魚肉無心食	때 없어 무심히 고기 먹으니
何異圖生屠釣群	살기 위해 살생하는 이와 무엇 다르리

2)

士當不食切聲聞	선비는 죽어가는 소리 듣고 그 고기를 못 먹는다던데
我尙難當遠肉群	나는 아직 고기냄새 멀리 못 하는구나
苟且爲辭無氣力	구차하게 무기력을 변명 삼고
而須已老補强筋	늙어져 근력을 보강해야 된다고 구실을 삼는다네

草木亦爲有情之物　초목도 유정물이거늘

値春分之節, 舍後杜鵑含苞欲放, 爲之明顯而看, 伐雜木, 剪垂
枝. 然, 惟爲看花以害之, 慚利己之心, 歎方長之芽.
　夫不殺生之訓, 何啻屬于動物也! 植物是亦有情, 今日處事亦無
釋然. 偶然欲賦, 以治二首焉.

丙申 三月 二十八日

　춘분절기를 맞아 집 뒤 진달래가 망울 머금고 터지려 하여 또렷이
보기 위해서 잡목을 베고 늘어진 가지들을 잘랐다. 그러나 다만 꽃을
보기 위해 베었기에 이기심이 부끄럽고 봄 맞을 싹에 미안하다.
　무릇 불살생의 교훈이 어찌 동물에게만 해당되는 일이랴! 식물도
정이 있기에 오늘의 처사가 개운치 않다. 끝내고 우연히 짓고 싶어
두 수를 완성하였다.

병신 삼월 이십팔일

1)

看花惟一念　　꽃 보려는 한 생각으로
剪欲發芽枝　　싹트려는 가지들을 잘랐네
不是無情物　　무정물이 아닌 것을
機心罷後知　　끝나고야 욕심인줄 알았네

2)

艸木有情資　　초목도 유정물이어늘
時時苅不辭　　시시로 베기를 마다하지 않았네
無情吾反在　　무정이 내게 오히려 있기에
於是復初思　　예서 복초(復初)를 생각했다네

黃登里　황등마을

時在一九九O年庚午, 上任圓光, 轉轉一旬學校隣近, 至於 二O
OO年庚辰, 入住黃登所在永昌(今海潭)公寓, 已有十七個星霜也.
　此寓所乃十三層十八號, 遠望彌勒山於東窓, 背有鐵路, 以聞鐵
馬時鳴轟聲, 此地雖幾泯鷄犬若靑蛙之音, 而交通頗好, 空氣淸
淨, 極以舒適. 子生於登院里, 巧住黃登里, 尤爲親近. 將離於此,
欲用別號, 雙登外史·雙登舊友等是也.
　今夕子子徘徊, 歸而賦五言古詩二首矣.

丙申 三月 三十日

　1990년 경오에 원광대에 부임하여 10년을 학교 인근에서 전전하
다가 2000년 경진에 황등에 있는 영창(지금의 해담)아파트에 입주한
것이 이미 17개 성상이다.
　이 거처는 13층 18호인데 동창에서 멀리 미륵산이 바라다 보이고
뒷쪽에는 철로가 있어 철마가 때로 울리는 굉음 소리를 듣는다. 이곳
에 비록 닭과 개 또는 개구리 소리가 거의 사라졌지만 교통 좋고 공
기 맑고 극히 쾌적하다. 내 등원리에서 내어났는데 공교롭게 황등리
에 거주하기에 더욱 친근히 여긴다.
　장차 이곳을 떠나면 별호를 쓰고자 하는데 쌍등외사(雙登外史) 쌍
등구우(雙登舊友) 등이 그것이다.
　오늘 저녁 홀로 주위를 배회하다가 돌아와 5언 고시 두 수를 지
었다.

병신년 3월 30일

1)

黃登舊道狹　황등 옛길 좁아도
集市輪次開　돌아가며 장서고
名所娛餐飲　명소에서 먹거리 즐기고
美食人自來　맛집엔 사람 절로 온다네
松竹淸風激　송죽에 바람 격해
採石小塵埃　돌 캐도 먼지 적고
廢家比公寓　폐가가 아파트와 나란해도
庠在養英材　학교에선 영재를 기른다네
鐵馬轟親近　철마의 굉음소리 친근하고
盃山咫尺望　지척에 배산 보이고
遠望彌勒嵬　멀리 미륵산 우뚝하다네

2)

徒步隨農路　걸어 농로 따라
登校且返廻　등교하고 또 돌아올 제
水田靑蛙叫　논에 개구리 울고
蜻蜓時拂頰　잠자리 뺨을 스친다네
寂廖五更夜　고요한 오경엔
鷄鳴起床催　닭 울어 기상 재촉하여
賦詩閱書樂　시 짓고 책보는 즐거움이
每使淨靈臺　마음자리 맑게 한다네
已爲鄕關似　이미 고향 같아졌고
恰巧登字偎　공교로운 등(登)자의 친근
兩載須離此　두 해면 이곳을 떠나야 하니
嗚呼惋惜哉　아 아쉬움 뿐이라네

覽靑雨居士招待展回想四旬

청우거사초대전을 보고 40년을 회상하다

靑雨居士召開招待展於楊平Bloomvista大廳. 命曰心展. 今晚乘是雨先生便車, 與漲潮·河丁兩士同行, 剪彩後, 會晤法山和尚·金大烈敎授·石軒竹林兩先生等知人.

居士時在一九七八年戊午, 入門書藝於東國書道會, 以此因緣, 投身書路. 嘗捨銀行家之夢, 此因以不負四寶之昵, 眞是由我而爲之如許.

於焉之間, 傲然挺立中堅之列, 獨具一面於正音書體, 今次, 大行禪師所譯金剛經寫之, 此可言生涯一作. 乃報以掌聲, 兼祈藝祺, 又願長壽.
丙申 四月 一日

청우거사가 양평 불룸비스타 로비에서 초대전을 열었다. 이름하여 '마음전'이다. 오늘 저녁 시우선생 차에 편승하여 밀물 하정 두 양반과 동행해 테이프를 끊은 후 법산 스님 김대열교수 석헌 죽림 두 선생 등 지인을 만났다.

청우거사는 1978년 무오에 동국서도회에서 서예에 입문하여 이 인연으로 글씨 길에 투신하였다. 일찍이 은행가의 꿈을 던져버렸는데 이는 문방사보의 압닐(狎昵)을 저버릴 수 없기 때문이었다. 실로 나로 말미암아 이같이 된 것이다.

어언 간에 우뚝이 중견의 대열에 섰고 정음서체에 한 모습을 갖추었다. 이번에 대행선사께서 번역한 금강경을 썼는데 이는 가히 일생의 역작이라고 말할 만하다. 이에 박수를 보내고 아울러 예도에 행운을 빌며 또 장수를 기원한다.
병신년 4월 1일

1)

少時爲殘疾　어려서 불구의 몸으로
欲事於韓方　한방에 종사하려 했지만
無緣無得遂　인연 없어 이루지 못하고
無奈入銀行　할 수 없이 은행에 입사했네
不過四五載　불과 4,5년에
紙墨終不忘　글씨 끝내 잊지 못하고
一身投荊路　가시밭길 투신하여
漫長守文房　오래도록 서실을 지켰네
初能歡以足　처음은 기뻐 만족했지만
書界忽蔫當　홀연 서예계 풀죽음 당하여
愧親及妻子　어버이 처자식 부끄럽고
嘆吁前途茫　아득한 전도를 탄식했다네

2)

佛心克懊喪　불심이 낙담을 극복하니
加被乃洋洋　가피가 이에 너울너울
筆力漸徐長　필력도 점차 자라나고
家勢亦日昌　가세도 날로 피었네
稍稍聞名得　점점 이름 얻고
正音爲擅長　정음체에 특장 이루고는
中堅隊伍入　중견대열에 들어
家門爲榮光　가문의 영광 되었네
散心且解悶　근심걱정 내려놓고
歡喜自隱藏　환희심 못내 감추니
豈比退休醜　어찌 퇴직 늙다리에 비하리
創作日無量　창작의 날이 무궁무진 하거늘

送硯匠檢討議見書

벼루장 검토의견서를 보내고

上月十八日若二十一日兩日間, 與金三代子先生·文鳳宣教授兩
位調査委員, 面臨硯匠深層調査於丹陽永春. 其夫對象卽壬辰生
申明植氏七日間所作梅花紋紫硯. 是以爲之, 自其原石採取, 以至
於蜜蠟光澤, 親見兩日, 其外見影像資料, 而寫其重要無形文化財
指定認定及深層技倆調査檢討意見書而送之矣.
　申氏保有傳統技法, 不啻技倆卓越, 又其傳統繼承之召命意識
透徹, 其人亦信實謙讓, 賦予高分以收煞焉.

丙申 四月 七日

　지난달 18일과 21일 양일간 김삼대자선생 문봉선교수 두 분 조사
위원과 단양 영춘에서 벼루장 심층조사에 임하였다. 그 대상은 임진
생 신명식씨가 일주일간 만든 매화문 자색벼루이다. 때문에 이를 위
해 원석 채취로부터 밀랍광택에 이르기까지 이틀은 친견하고 나머지
는 영상자료를 보고 중요무형문화재지정인정 및 심층기량조사 의견
서를 써서 보냈다.
　신씨는 전통기법을 보유하여 기량이 탁월할 뿐 아니라, 또 전통계
승의 소명의식이 투철하며 그 사람됨 역시 신실하고 겸손하여 높은
점수를 주어 마무리하였다.

병신년 4월 7일

頑石五旬親　돌 가까이 오십 년
鄕村老一身　촌에서 늙어졌구나
丹陽連紫鑛　단양엔 자색 광맥 이어져 있고
丘壑隱才人　구학(丘壑)은 재인에 숨어 있네
彫削梅花發　새기고 깍아 매화는 피어나고
硏磨硯廓賮　갈고 닦아 벼루는 빛나누나
紋顔明匠處　주름진 얼굴 명장 있는 이곳에
喜信或期臻　좋은 소식 기대할 수 있으려나

命雅號屬記文 아호를 주고 기문을 짓다

上月末, 如籃鄭善珠博士陪道菴法師而來山房. 於是, 師請命號, 乃命之曰一輿.

今日屬其記文, 曰,

維命雅號曰一輿, 一者個而大又誠也, 輿者堪之對而車也. 法師俗名泰昊, 易曰天地交泰, 詩曰浩浩昊天, 庸曰誠者天之道也, 可謂一泰相應, 輿昊相通. 大抵沙門以濟爲分, 夫一則專也, 輿乃乘也, 此言惟以一乘之輿 普濟衆生, 以得方便. 信其表裏若符云爾.

丙申 四月 八日

지난달 말 여람 정선주 박사가 도암법사를 대동하고 산방에 왔다. 이때 법사가 호 하나를 청하기에 일여(一輿)라고 하였다.

오늘 그 기문을 지었는데 다음과 같다.

"아호를 지어 일여라 하니 일(一)이라는 것은 낱개이면서 크고 또 한결같음이요 여(輿)는 하늘의 대칭이면서 수레이다. 법사의 속명이 태호(泰昊)이다. 주역에 '하늘과 땅이 화합하여 태평하다'라 하고 시경에 '넓고 넓은 하늘'이라하고 중용엔 '진실이라는 것은 하늘의 이치이다'라고 하였다. 가히 일(一)과 태(泰)는 서로 응하고 여(輿)와 호(昊)는 서로 통한다고 하겠다. 대저 사문은 제도를 명분 삼는데 일(一)은 오로지요 여(輿)는 수레이니 이는 오로지 일승의 도리로 중생을 널리 제도하여 방편 묘용(妙用)을 얻을 것을 말함이다. 실로 표리가 부절이라 하겠다."

병신년 4월 8일

沙門號一興　한 스님 일여라 호하니
名擧以加疏　속명에 주를 단 것 같다
濟渡爲方便　제도에 방편승이 됨을
今生得自居　금생에 자처했으면

見象柏如籃夫婦商量將來

상백 여람부부를 만나 장래를 의논하다

象柏申鉉京君暫廻於杭州, 與其夫人如籃鄭善珠女士同伴會同
於佛光洞美食街, 相話近況, 心亂如麻, 兩人大醉而分手矣.
　如今申君以其篆刻·鑑定·書藝作品等能得圖生於杭州, 欲斷歸
國, 而難得活路於吾書壇, 是以, 躊躇日日, 猶不肯早得學位也.
如籃博士, 於中央僧伽大學行政職, 雖收薄薪, 聊足其所任, 乃以
爲夫妻盡善則何不維生, 日望歸國, 而申君惟言"向後來往兩國而
欲以安排生活"云爾.
　於是, 我亦無得吐時措之說, 只以附言曰, "雖在韓國, 自守自
尊, 勿以趨移, 務追上等, 則有將來". 然而誠難守志操於斯界,
我言亦爲贅詞, 無已而語之耳.

丙申 四月 十七日

　상백 신현경군이 항주에서 잠깐 돌아와 부인 여람 정선주여사와
동반하여 불광동 먹자골목에서 만나 서로 근황을 대화하다 마음 착
잡하여 둘이 대취해서 헤어졌다.
　지금 신군은 전각 감정 서예작품 등으로 능히 항주에서 생활할 수
있다. 귀국을 결단하려 해도 우리서단에서 활로를 찾을 수 없기에 주
저주저하며 오히려 일찍 학위 받고 싶어 하지 않는다. 여람박사는 비
록 박봉이지만 나름 중앙승가대학행정직을 맡은 바에 만족하고 있
다. 이에 부부가 최선을 다하면 어찌 삶을 꾸리지 못하랴 하고 날로
귀국을 바라지만 신군은 "오직 향후 양국을 왕래하며 생활을 안배하
려고 한다."는 말 뿐이다.

이때에 나 또한 적절한 말을 할 수 없어 다만 부쳐 말하길 "비록
한국에 있더라도 자존심은 스스로 지키고 추이를 따르지 않으며 상
등을 힘써 쫓으면 장래가 있다"라고 할 뿐이었다. 그러나 실로 이 터
전에서 지조를 지킬 수 없으니 내 말 또한 췌언이요 함구할 수 없어
서 한 말일 뿐이다.

병신년 4월 17일

留華攻十載　중국에 십년 유학
無用此書壇　이 서단에 쓸 곳 없구나
幾字數千易　전각 몇 자에 수천만도 예사건만
單方一十難　한 방에 십만원도 어려워라
知音存自興　지음 있어 절로 흥나는데
牆面裏虛嘆　무식꾼들 속에서 부질없이 탄식하리니
歸國當然事　귀국이 당연하련만
躊躇無得干　주저주저할 뿐이어라

赴全州無形遺産院行筆匠深層技倆調査

전주 무형유산원에 가 필장 심층기량조사를 행하다

維爲丁海漲·柳弼茂兩人筆匠深層技倆調査, 與金三代子·鄭榮煥兩位委員, 本月十八日若今日兩日間尋無形遺産院. 兩人筆匠完畢其十日間工程, 於是, 各各所造黃毛羊毫兩種之筆, 落紙而試之, 果然皆爲好筆. 然全般而觀, 丁氏爲優毋庸置疑.

下月初寫檢討意見書, 無形文化財科委員決定其可否. 如今書界衰落至甚之際, 兩人之黃毛羊毛同時可決, 則或有以反響書壇, 而不測其歸結矣.

丙申 四月 十八日

정해창 류필무 두 필장 심층기량조사를 위하여 김삼대자 정영환 두 분 위원과 이번 달 18일과 오늘 이틀간 무형유산원을 찾았다. 두 분 필장이 10일간 공정을 끝내 이때 각각 만든 황모 양호 두 종류의 붓을 낙필하여 시험했는데 과연 모두 좋은 붓이었다. 그러나 전반적으로 정씨가 더 상수임은 의심할 여지가 없다.

담달 초 검토의견서를 쓰는데 무형문화재과위원이 가부를 결정한다. 지금 서예계의 쇠락이 극심한 때에 두 사람의 황모 양모필이 동시에 가결되면 혹 서단에 반향도 있으련만 그 귀결을 측량할 수 없다.

병신년 4월 18일

良好無心筆　좋은 무심필
有心爲第一　유심필은 으뜸이다
毛毛順手中　터럭이 손 따르더니
齊力毫毫密　만호제력(萬毫齊力) 빈틈없다

審閱報告書 보고서를 감수하다

動産文化財課委付國寶若寶物所有關報告書監修. 此所審閱報告書乃將上文化財廳網站也. 夫國寶安平大君小苑花開帖爲首, 寶物秋史好古研經對聯等共八十件是也. 是以, 琢句煉字, 糾正誤譯, 又補完其指定事由及保存現況, 一一刪定而送之矣.

拙以未進, 極力推讓, 而指目以付, 則盡誠竭力而已, 無得浮皮潦草也.

丙申 四月 十九日

동산문화재과가 국보와 보물에 관련된 보고서 감수를 의뢰했다. 이 감수한 보고서는 곧 문화재청 홈페이지에 올릴 것이다. 국보인 안평대군 '소원화개첩'을 위시하여 보물인 추사 '호고연경대련' 등 모두 80건이 그것이다. 때문에 문맥을 고치고 오역도 바로잡고 또 그 지정사유와 보존현황을 보완하여 일일이 첨삭하여 보냈다.

내 아직 미진해 한사코 사양했지만 지목해서 부탁하니 성심을 다하고 온 힘을 다할 뿐 건성건성 할 수 없었다.

병신년 4월 19일

補完糾正而刪定　보완 교정 그리고 첨삭
推讓難當反會當　사양 못하고 되레 꼭 해야만 되는 일
如不盡誠爲罪業　성심을 다하지 않으면 죄업이 되고
無能避見叱秋霜　추상같은 질책 피할 수 없는 일이어라

爲林如敎授首尔展寫賀詞

임여교수의 서울전을 위해 축사를 쓰다

現今浙江大學藝術學系敎授林如博士, 履行首尔大學校奎章閣客座研究員職之餘, 欲以召開首尔展, 托其圖錄所載賀詞, 乃喜而應之. 歲在辛卯二0一一年冬, 於杭州初見而後, 屢晤而親, 相呼父女之稱, 非我孰寫也.

觀其所示之作, 而今姑未嘗說上乘, 旣以品學兼優, 信手揮之, 可量來日方長. 今年四十有一, 一紀後許, 則遂一家, 誰得疑焉. 惟頌佳祺也已.

丙申 四月 二十九日

현재 절강대학미술학과 부교수인 임여박사가 서울대학교 규장각객좌연구원직을 이행하는 여가에 서울전을 개최하고자 도록에 실을 축사를 부탁하기에 기쁘게 응하였다. 신묘 2011년 겨울 항주에서 처음 만난 후 자주 보면서 친해져 서로 부녀처럼 칭한다. 나 아니면 누가 쓰겠는가!

제시한 작품들을 보았는데 아직 상승을 말할 수는 없지만 자질과 학문의 우수함을 가지고 손에 맡겨 휘호했기에 가히 전도가 창창함을 헤아릴 만하다. 올해 마흔하나인데 십수 년 후면 일가를 이룰 것을 누가 의심하겠는가. 행운을 빈다.

병신년 4월 29일

出衆於華一如流　중국에서 출중한 여류서가
方興未艾漫遨遊　한창의 서단에서 유유히 노닌다
萬毫柔軟三旬後　붓 터럭 녹진 되는 30년 후면
蔡衛承名獨也謳　채문희 위부인 이은 이름 홀로 구가하리라

忽尋鄕關 문득 고향을 찾다

曩者, 爲之伐草, 年年尋故鄕, 而年前墳墓平土之後, 不復再顧, 於焉十數年矣. 近者驀然欲如, 而覓登院里.

村莊入口之水田盡爲住宅若工場, 數百年生槐樹枯萎, 其下端細枝數條發芽延命, 大驚無已. 熟路稀見所不識之人, 生家已爲廢墟, 殘屋亦半傾半壞. 於是, 自幼年, 以至於祖母所獨居, 回憶四旬歲月, 愴然涕下.

少焉, 沿往日爲伐草所往來之路, 到牢曹里, 一麵家不識之間爲美食店, 肋包麵招牌下, 賓爲長蛇陣, 再次震驚. 近接伐草之處, 而舍屋圍繞, 已滅小路, 遠望歸旆而已.

丙申 五月 吉日

지난날엔 벌초를 위해 해마다 고향을 찾았었는데, 얼마 전 묘를 평토치고 발길을 끊은 지도 어느덧 십수 년이다. 근간에 갑자기 가고 싶어져 등원리를 찾았다.

마을 입구의 논은 모두 주택과 공장이 되었고 수백 년생 회화나무는 말라 아랫부분에 가는 가지 몇 가닥이 싹 나 연명하여 놀람을 그만두지 못하였다. 숙로엔 드물게 모르는 사람만 보이고 생가는 이미 폐허가 되어 남은 집마저 반은 쓰러지고 반은 허물어졌다. 이때 유년으로부터 조모께서 홀로 지내시던 때까지 40년 세월을 회상하자니 슬퍼 눈물이 난다.

얼마 있다가 전날 벌초를 위해 왕래하던 길을 따라 뇌조리에 이르렀다. 한 국수집이 어느새 맛집이 되어 '갈쌈국수'라는 간판 아래 손님들의 장사진에 다시 한 번 크게 놀랐다. 벌초하던 곳을 가까이 가 보았지만 사옥들이 둘러싸 소로가 이미 사라져서 바라보다가 돌아올 뿐이었다.

병신년 5월 초하루

故鄕猶稀客	오랜만에 손님같이 온 고향
疑是誤來耶	잘못 왔나 의심한다
槐樹完枯萎	회화나무는 말라 시들고
垣牆已壞斜	담벼락은 무너져 기울었다
陌生人熟路	숙로엔 낯선 사람 뿐이요
午睡狗鄰家	인가엔 낮잠 자는 개만 있다
街巷無情變	길이며 골목 무정히 변한 곳에
名車雁尸奢	좋은 차 타지사람 집에 호사스럽다

寫兩張報告書 두 장의 보고서를 쓰다

去月兩日間, 參觀丁海漲·柳弼茂兩筆匠兩日間製筆過程, 又參用八日間影像資料, 寫其兩人深層技倆調査報告書.

丁氏長於狼毫有心筆, 柳氏擅於羊毛無心筆. 換言之, 則丁氏乃用衣體圍心素, 柳氏卽不包以齊末.

希望兩匠皆爲國家指定無形文化財, 筆房回復以活氣, 兼有以反響二旬餘所沈滯一路書壇. 然而, 某關係者曰, 但一人能爲所選, 或兩人亦可, 反無見選云, 等其歸結耳.

丙申 五月 九日

지난달 이틀간 정해창 유필무 두 필장의 이틀간 붓 제작과정을 참관하였고 또 여드레간의 영상자료를 참고하여 두 사람의 심층기량조사보고서를 썼다.

정씨는 황모 유심필에 뛰어나고 류씨는 양모 무심필에 빼어나다. 다시 말하면 정씨는 의체(겉)를 가지고 심소(심)를 싸고 유씨는 싸지 않고 털끝을 가지런히 하는 것이다.

두 장인이 모두 국가지정 무형문화재가 되어 필방도 활기를 회복하고 아울러 스무 해 남짓을 침체일로에 있는 서단에 반향이 있기를 희망한다. 그러나 관계자 이르길 "단 한 사람만 뽑히는 바가 될 수도 있고 혹 두 사람이 다 될 수도 있으며 도리어 뽑히지 않을 수도 있다"고 한다. 귀결을 기다릴 뿐이다.

병신년 5월 9일

狼毫細勁久知音　낭호필은 가늘고 굳센 오랜 내 친구
柔軟羊毛用似針　유연한 양모필은 침같이 써 왔다네
兩筆一時須見選　두 붓 같이 모름지기 뽑혀야
書壇回響救消沈　서단에 반향하여 의기소침 구하련만

卽事自娛 그 자리에서 시 지어 스스로 즐기다

上月十日, 陪以喝堂朴相國先輩, 與73同期知空吳基錫·又然朴京俊·一悟李馥雨·正炅李曦載, 環顧華溪寺一帶. 玆後, 開群聊, 隨時交談日常雜事, 或相論禪旨書畫詩文等矣.

昨日斜風細雨於益山行車窓, 知空堂留言曰, 文禽忽來, 而鳴淸雅於窓外木蓮枝頭, 突然飛去. 爰卽飜譯, 爲詩以送之.

今朝, 正炅堂治五絕以示曰, 終日聞雨聲, 回想親友情, 相樂作詩才, 江山又新淸. 乃以爲詩想頗好, 而準平仄, 卽事以自娛焉.

丙申 五月 十一日

지난달 10일 이할당 박상국선배를 모시고 73' 동기 지공 오기석 우연 박경준 일오 이복우 정경 이희재와 화계사 일대를 둘러보았다.

이날 이후에 단체 카톡을 열어 수시로 일상의 잡사들을 주고받고 혹 선지(禪旨)나 서화 그리고 시문 등을 서로 논한다.

어제 익산 행 차창에 바람 빗기고 가랑비 내리는데 지공당이 말을 남기기를 "서울에는 비가 오네, 빗소리가 좋네…, 새가 찾아와서 창밖 목련가지에서 청아하게 울다가 금방 날아가네"라고 한다. 즉시 번역하고 시로 지어 보냈다.

오늘 아침엔 정경당이 오언절구를 지어 보이기를, " 종일 빗소리 듣자니, 친구들 정 떠오르고, 시 짓는 재예 서로 즐길 제, 강산은 다시 새롭고 맑아라"고 하였다. 이에 시상이 꽤나 좋다고 여겨 평측에 준해서 즉시 시 지어 자오하였다.

병신년 5월 11일

1)

細雨閑窓外	가는 비 한가로운 창밖에
文禽忽自來	새 한 마리 홀연히 와
孤單枝上歇	외로이 가지 위에 머물렀다가
啼罷遽然回	울음 그치고 갑자기 가버린다

2)

窓外雨絲聲	창밖의 가랑비 소리에
難禁戀友情	친구 생각 금할 수 없구나
欲詩思念塞	시로 남기려 해도 뜻 생각 막혔는데
綠葉又新淸	푸른 잎새는 다시 싱그럽고 맑아라

收玄川先生所著茶道吟一册

현천선생 지은 다도음 책 한 권을 받고

夫歲在庚戌一九七0年之秋, 徜徉景福宮, 孤娛懸額若柱聯書,
會竹峯黃東春·玄川趙達淳兩先生亦同心以來, 恰巧相逢, 欣然無
盡矣. 今已退色之三人合影一片, 言四十六個星霜. 於是, 過千秋
思政兩殿, 我言前者善書之, 玄川先生曰後者愈善. 他日再看, 果
眞如是, 實感眼光之差. 誠其一瞬寸言, 畢生難忘.

今日收先生古稀紀念時調集茶道吟, 篇篇閱讀, 淸淨之心與問
學之厚, 自露句句. 其中一九九八年度作譽師, 尤動心絃. 先生侵
之二竪屢年, 今亦欠安. 謹祝回春.

丙申 五月 十四日

세재 경술 1970년 가을 경복궁을 배회 하면서 홀로 현액과 주련글
씨를 즐기고 있었다. 마침 죽봉황동춘선생과 현천조달순 두 분 선생
이 같은 마음으로 와 공교롭게 서로 만나 흔연키 그지없었다. 이미
퇴색한 한 장의 셋이 찍은 사진이 마흔 여섯 해를 말하고 있다. 이때
천추전과 사정전을 지나며 내가 앞의 것이 잘 썼다고 했더니 현천 선
생이 후자가 더 좋다고 하였다. 훗날 다시 보고 과연 그러하여 안목
의 차이를 실감하였다. 실로 이 일순간을 평생에 잊지 못한다.

오늘 선생의 고희기념 시조집 '다도음'을 받고, 하나하나 읽었는데
청정한 마음과 학문의 두터움이 귀귀마다 드러난다. 그중 1998년도
에 쓴 '예사(譽師)는 더욱 심금을 울린다. 선생이 병환 드신지 여러
해 지금도 거동이 불편하시다. 삼가 회춘을 축원 드린다.

병신년 5월 14일

搜索枯腸詩眼尋　골똘히 찾은 시안(詩眼)과
日常調韵露眞心　일상을 읊은 운에 진심 드러납니다
淸游佛乘迷花月　불승(佛乘)에서 노닐고 꽃과 달에 취하여
溶滙詩書茶道吟　시서 녹여낸 다도음이십니다

思量洋槐木 아카시아를 생각하며

這間, 滿發洋槐花, 清香滿地, 此卽五月眞面目, 四季中爲佳景. 傳聞, 此木本鄕卽北美, 二十世紀初傳來於日本, 曾爲沙防而植之, 而遍及全國. 夫雖易繁殖, 只爲柴資, 不用財木, 認害他木, 爲人所嫌. 然而樹齡半百而倒, 自爲堆肥, 提供淸蜜, 眞是利木也. 目前到處, 枝梢自乾, 命盡從風而靡, 悽然無已.

我少時, 數取火木, 因以有棘, 一時非無嫌惡. 長成而後, 常回想在鄕關舍後亭子洋槐, 又嘗喜好李英淑氏所唱洋槐之離別流行歌. 今日亦用其密, 又觀花聞香, 何不珍愛也哉.

丙申 五月 十六日

요즈음 아카시아 꽃이 만발하여 맑은 향기 가득하다. 이는 오월의 진면목이요 사계중의 가경이다. 전해 들었는데 이 나무의 본 고향은 북미이며 20세기 초에 일본에서 들어왔고 일찍이 산사태방지를 위해 심으면서 전국에 퍼졌다고 한다. 비록 번식은 쉽지만 땔감이 될 뿐 재목으로 쓸 수 없고 다른 나무를 해친다고 여겨져 사람들이 싫어함이 되었다. 그러나 수령이 50년도 되지 않아 넘어져 절로 퇴비가 되고 맑은 꿀도 제공한다. 실로 이로운 나무다. 목전의 도처에 가지 끝이 절로 마르고 목숨 다해 바람 따라 쓰러진 것들이 있어 처연키 그지없다.

내 어릴 적에 자주 땔나무를 하면서 가시가 있어 한때 혐오하지 않은 것은 아니다. 장성 이후엔 늘 고향집 뒷켠에 있던 정자나무를 회상하였고, 또 일찍이 이영숙씨가 부른 '아카시아의 이별' 유행가를 좋아하였다. 오늘도 꿀을 먹고 또 꽃 보고 향기 맡으면서 어찌 아끼고 아끼는 마음 없겠는가!

병신년 5월 16일

1)

自生於北美 　북미에서 나
經和槿域移 　일본 통해 우리 땅에 왔다네
百年繁殊迭 　백년간 번식과 죽음을 번갈아가며
無處不露姿 　어디든 자태 드러냈다네
人嫌害他木 　사람들 딴 나무 해친다 싫어하고
不材只柴資 　재목도 못 되어 뗄감이 되었다네
從風乾而靡 　바람 따라 말라 쓰러지니
可憐空自噫 　가여워 절로 탄식이어라

2)

孟夏花正發 　초여름에 꽃 피우니
齊放已落時 　봄꽃 다 져버린 후라네
甛蜜於人益 　꿀이 사람에게 좋은지라
利木曾旣知 　좋은 나무인지 이미 알았고
回憶亭子樹 　정자나무 회상하며
日常故鄕思 　늘 고향을 그리워했다네
嘗爲愛唱曲 　일찍이 애창곡 되었으니
洋槐之別離 　아카시아의 이별이라네

憶勿爲東張西望一言

"한눈팔지 말라"는 말씀을 추억하며

少時, 臨登校時, 慈親每一言以訓之曰, "勿爲東張西望, 徑直以之", 是以, 順之爲習, 途中終無回首也.

今日亦以登校, 遠望博物館, 欲探訪而來某女高學生數十, 穿短裙子, 爲之撮影, 列坐階梯如雁行然, 宛如一幅畵. 於是, 終始凝視前方, 拂之而過耳.

少焉, 臨授業, 言之本末, 不知諸生其所感如何. 噫, 今日父母無學禮法, 亦無得誨子, 諸生或笑之或奇之, 何以怪哉.

丙申 五月 十七日

어려서 등교에 임할 때면, 어머니 늘 한 말씀하여 훈계하시길 "한눈팔지 말고 곧장 가라" 하시었다. 때문에 말씀따라 습관이 되어 도중에 고개 돌린 적이 없었다.

오늘도 등교하여 박물관을 멀리 바라보니 탐방하고자 온 모 여고 학생 수십 명이 짧은 치마를 입고 촬영하기 위해 마치 기러기 행렬같이 열 지어 계단에 앉아 있었다. 완연한 한 폭 그림 같았다. 이때, 시종 전방을 응시하며 스쳐지나갈 뿐이었다.

얼마 후 수업에 임하여 본말을 이야기 해 주었는데 학생들의 소감이 어땠는지 모르겠다. 아! 오늘의 부모 예법을 배우지 못했고 또한 자식을 가르칠 수도 없다. 학생들이 혹 웃어넘기고 혹 이상히 여겨도 어찌 탓하겠는가!

병신년 5월 17일

東張西望小人行	한눈팔고 두리번거리는 거 소인이 하는 거란
慈語遵依以長成	어머니 말씀 따르며 자랐다네
美色奇觀無再顧	예쁜 여자 기이한 광경도 다시 돌아보지 않는 것은
因今已老耳琤琤	아직도 그 말씀 쟁쟁하기 때문이라네

與一人授課 한 사람과 수업하며

夫於大學院書藝學科, 一無韓人碩博士生, 只有中國人博士生
張淑政君一人也.

數年前, 張君已得碩士於此, 再來而値初學期. 今次我任書論講
讀一講座, 而張君能讀原書, 易如反掌, 探囊取物. 是以, 與其論
書, 寧論漢詩, 令賦以示, 修改而補, 又共讀唐詩, 共鳴詩意. 頗
爲好玩之資.

噫, 槿域書壇之靑年而言, 非特塗墨弄筆而已, 猶貶傳統, 作怪
爲事者多矣, 奈何可期將來正眼也.

丙申 五月 十八日

대학원 서예학과에 한인 석사반생은 하나도 없고, 단지 중국인 박
사생 장숙정군 한 사람 뿐이다.

수 년 전 장군은 이미 여기서 석사를 받았으며 다시와 첫 학기를
맞았다. 이번엔 내가 '서론강독' 한 강좌를 맡았는데 장군이 원서를
능히 읽어 쉽기가 여반장이요 식은 죽 먹기다. 그래서 글씨를 논하기
로는 차라리 한시를 논하고자 하고 시 지어 보이도록 하여 고쳐 보완
하고 함께 당시를 읽으면서 시의를 공감한다. 자못 재밋거리가 된다.

아, 우리의 서단의 청년들은 비단 먹 바르고 붓을 희롱할 뿐만 아
니라 오히려 전통을 폄하고 장난치는 것을 일삼는 자가 많다. 어떻게
장래의 바른 눈을 기약할 수 있겠는가!

병신년 5월 18일

1)

誦詩能幾百　외우는 시 기백수요
能事背文章　문장 외우길 능사로 한다
盡具臨池要　임지의 요체(要諦) 다 갖추었으니
無妨獨自行　홀로 가도 무방하리

2)

槿域衿裾輩　우리의 무지한 무리들
徒然道法喪　한갓되이 도와 법 다 잃고
娛求虛末藝　헛된 말예(末藝)만 즐겨 추구하니
天壤已乖張　벌어진 틈 하늘과 땅이어라

勉勵文游具淸美 문유 구청미를 격려하며

　昨日與文游所遇相約之日, 逢於正覺院下, 憑以徜徉校庭, 撮影
三旬前所寫東岳先生詩壇碑及十年前所書東國百年碑. 少焉, 申時
末頃, 欲觀開校百十周年紀念展'如是我聞', 尋博物館, 已關門, 鄭
于澤館長亦不在而不晤. 是以, 同行新堂洞, 覓我愛炒米條家, 相
話近況, 大醉而歸.

　文游具淸美卽圓大書藝科出身, 今爲東大美術史學科大學院一學
期生, 亦爲善墨會一員. 其人心地善良, 寂若無人, 頗有才藝, 子
愛屢年. 今也雖欲盡其心於美術史學, 力不能及, 然而務追而用
力, 則必有以造就. 往日只求書法於學部, 疎忽漢文若外國語, 今
受苦衷, 此乃不得已之事, 總是我之愆也.

丙申 五月 二十日

　어제는 문유와 만나기를 약속한 날이라 정각원 아래에서 만나 틈
타서 교정을 거닐면서 30년 전에 쓴 '동악선생시단'비와 10년 전에
쓴 '동국백년비'를 사진 찍었다. 얼마 있다가 네 시 반경에 개교 110
주년 기념전 '여시아문'을 보려고 박물관을 찾았지만 이미 문을 닫았
고 정우택 관장마저 부재해 만나지 못하였다.

　그래서 신당동에 동행하여 '아이러브 떡볶이집'을 찾아 근황을 서
로 이야기하다가 대취해 돌아왔다.

청미는 원대 서예과 출신으로 지금 동대미술사학과대학원 1학기
생이며 또한 선묵회 일원이다. 그 사람됨의 심지가 착하고 사람이 곁
에 없는 듯 조용하며 자못 재주가 있어 자식같이 아끼길 수 년이다.
지금 비록 미술사학전공에 마음은 있어도 힘이 따르지 못하지만 힘
써 추구하며 열심히 하면 반드시 성취가 있을 것이다. 지난날 학부에
서 서법만을 추구하고 한문과 외국어를 소홀히 하였으니 오늘의 고
충은 부득이의 일이다. 모두 내 잘못이다.

병신년 5월 20일

1)

心頭良善才藝兼　착하고 재주도 있거늘
似水流年誨不嚴　유수세월에 엄히 가르치지 못 하였네
力不從心攻史學　마음같이 못할 사학전공
傍觀意在寫爲甛　마음이 글씨에만 있는 것 수수방관 해서라네

2)

旣爾聰明忍耐兼　기왕 총명하고 참을성 있으니
日親燈火座長淹　날로 등 가까이 자리 오래 지키거라
人文史學雖難課　인문사학이 비록 어렵더라도
切務旬年聊自懕　십 년 간절하면 절로 마음 편하리니

自號一杯子 '일배자(一杯子)'를 자호하다

戊子生仲兄柱浩住院, 之磨石所在圓病院而問候.

仲兄末年, 以酒繼日, 病入膏肓, 餘生幾何? 五年前, 無不居士
以癌辭世, 仲兄亦爲此況, 傷心無已, 憂懼逼人.

大抵人之於癌也, 主因有五云, 一曰壓力所積, 二曰取食惡習,
三曰日用酒烟, 四曰運動不足, 五曰家傳病歷是也. 噫, 此五目
中, 我屬其一切, 奈何! 從今先改飮酒之習, 卽一杯爲限. 乃自號
曰一杯子, 治一首以自警也.

丙申 五月 二十三日

무자생 주호 둘째형이 입원하여 마석에 있는 원병원에 가 문병하
였다.

둘째형이 말년에 술로 날을 잇더니 병이 고황에 들었다. 여생이 얼
마일까? 다섯 해 전 무불거사가 암으로 세상 떠났고 형마저 이 지경,
상심 그지없고 걱정이 엄습한다.

대개 사람이 암에 있어서 주요원인이 다섯이라 한다. 첫째는 스트
레스의 쌓임 둘째는 나쁜 식습관 셋째는 매일 흡연 음주 넷째는 운동
부족 다섯째는 가문의 병력이 그것이다. 아, 이 다섯 가지 중 내 모
두 해당한다. 어찌한담! 오늘부터 먼저 음주습관을 고치려니 즉 한
잔으로 끝내는 것이다. 이에 자호하여 '일배자(一杯子)'라 하고 한 수
지어 스스로 경계한다.

병신년 5월 23일

壓力日常連　스트레스로 이어지는 일상
周邊毒物塡　주변엔 독성물질 가득
佳肴常飽滿　안주로 늘 배불리고
美酒久愛憐　맛난 술 오래도 아꼈구나
行走康查代　걸음으로 건강검진 대신하고
憂愁病志傳　걱정은 병력(病歷)이 전하는 것
一時焉得改　일시에 어찌 다 고치리
限量一杯先　한 잔으로 제한을 먼저 해야겠다

麥吟 보리음

黃登田野, 大麥已秋, 到處金黃. 歸路次, 經行田野, 爲時調一
首, 曰, "五月田野, 一片金黃, 堅硬麥穗. 數數萬年, 不知垂乎.
勿以怪也, 與其勁伸, 寧似秋穎."
到家卽換七絶, 而爲桑楡之警矣.

丙申 五月 二十五日

황등 전야에 보리가 익어 도처에 금빛이다. 귀로 차에 전야를 지나
면서 시조 한 수를 지었는데 다음과 같다.

"오월들녘 수놓은 금빛깔 억센보리
저이삭 수수만년 굽어질줄 몰랐더뇨
늦으막 숙이는고개 가을나락 닮으리"

집에 도착하여 곧 칠언절구로 바꾸고 마음의 경계로 삼는다.

병신년 5월 25일

孟夏移秧忙揷野　맹하지절 모내기 바쁜 들녘에
溢芒穗穗向天伸　깔끄라기 억센 보리 하늘 향해 뻗어 있다
與其究竟無垂下　저 끝내 머리 숙임 없는 거로는
寧似金秋熟穎身　차라리 가을날의 익은 나락 닮으리라

늦으막

숙이는 고개

가을 나락 더미의

경은
가을
경은 캘리로
나리

哀悼仲兄諱柱浩　주호 둘째형님을 애도하며

仲兄諱柱浩, 戊子一九四八年生. 父病家窮之其思春, 一時彷徨, 放棄學業, 他日以爲畢生之恨. 曾以園藝爲業, 亦手成家, 晚年與兄嫂分居, 孤寓兒子, 其壓力如何乎! 是以, 以酒繼日, 罹患直腸癌, 本月二十八日辭世, 享年六十有九.

仲兄天性良善, 厚德貧人, 奉公守法, 菩薩心腸之人. 而無奈撒手而去, 痛切無已. 唯願往生極樂而已.

安置靈駕於寧越地藏寺, 伏地流涕而記之.

丙申 五月 三十日

둘째 형님 휘 주자 호자는 무자 1948년생이다. 아버지 병환과 집이 궁색했던 사춘기에 한때 방황하여 학업을 놓은 것을 훗날 평생의 한으로 여겼다. 일찍이 원예를 업으로 하여 빈 손으로 성공했지만 만년에 형수와 별거하고 홀로 아들집에 의탁하였다. 그 스트레스가 어떠했겠는가! 때문에 술로 날을 잇다가 직장암에 걸려 이달 28일에 세상을 떠나니 향년 69세시다.

둘째 형님은 천성이 착하고 가난한 사람에게 후덕하고 법이 없어도 살 보살 같은 사람이었다. 그러나 속절없이 손 놓고 가버리시니 통절을 그만둘 수 없다. 오직 왕생극락을 소원할 뿐이다.

영월 지장사에 영가를 안치하고 땅을 치고 눈물지으며 이를 적는다.

병신년 5월 30일

1)

人命在天誰怨咎　인명은 재천 누굴 탓하랴
兄從兩弟速歸眞　두 아우 따라 속히도 가셨구나
善良厚德平生度　착하고 후덕하게 평생을 보냈으니
已到回頭彼岸津　이미 피안나루에 이르셨으리

2)

自幼常聞善且眞　어려서부터 착하고 진실타 했는데
奈何不及古稀人　어찌 고희에도 미치지 못 했답니까
今生顧悔前生業　금생에 전생 업을 참회했으니
來得輪回解脫身　내생엔 윤회 벗고 해탈하오소서

尋訪賢亭女士書室 현정여사의 서실을 방문하고

賢亭鄭賢楨女士新裝書室于金浦, 爰以善墨會會長河丁博士爲首, 總務素河博士外, 嘉林是雨章石研宇志松如籃文游, 今所留京浙江大學校林如敎授等, 共十一人會于書室而賀焉.

賢亭女士曾練書於一心書藝學院, 編入圓大書藝科而畢, 卽爲善墨會一員. 而後滯留杭州兩年, 研書法學語言, 長進眼光而歸, 知命之初, 方免獨身.

賢亭爲人, 本性良善, 沈着從容, 誠實如一, 爲人所賞. 尤物心裕餘. 寬以待人, 好施樂舍. 蓋今日開院之志, 不在筆耕索銀, 只在臨池空間具備而已矣.

丙申 六月 四日

현정 정현정여사가 김포에서 서실을 새로 열어 이에 선묵회회장 하정박사를 위시하여 총무 소하박사 외 가림 시우 장석 연우 지송 여람 문유 지금 서울에 머무는 절강대교수 임여 등 모두 열한 명이 서실에 모여 축하하였다.

현정여사는 일찍이 일심서예학원에서 글씨를 썼으며 원대 서예과에 편입하여 졸업하고는 곧 선묵회 일원이 되었다. 이후 항주에 두해 간 체류하여 글씨를 연마하고 중국어를 배우면서 안목을 넓히고 돌아와 오십 줄에 들어 비로소 독신을 면했다.

현정의 사람됨은 본성이 착하고 침착하고 조용하여 성실함이 한결같아 사람들에게 칭찬받는다. 더욱이 물심양면 유족하여 사람을 후하게 대하고 베풀기를 좋아한다. 아마도 오늘의 개원의 뜻이 돈에 있는 것이 아닌 다만 글씨 쓸 공간을 구비할 뿐일 것이다.

병신년 6월 4일

1)

銀鉤卄載遠人心　글씨 스무 해 인심에서 멀어져
書室難營處處吟　서실경영 어려워 여기저기 신음한다
稟賦何須書業選　타고나길 하필 업으로 택했느뇨
拜金至上是當今　황금만능의 이 오늘에

2)

半百賢亭書室備　오십 줄에 현정여사 서실마련
意初不在欲摟金　애당초 돈 때문이 아니어라
自娛昵墨淸香醉　묵향에 취하는 것 자오하려고
不拘臨池敝屐今　글씨 헌신짝 된 오늘에 구애 없이

見張淑政君詩句 장숙정군의 싯구를 보고

　今番學期, 帶中國留學生張淑政君一人而進行授業. 每週使示三四首之詩, 一改一校. 張君旣知平仄, 不拘平仄, 縱橫治之, 文脈流麗, 詩想俊拔, 無時自驚.

　今日値終講, 以示一首, 其中曰, "他鄕事事萬般好, 不如故鄕鳥鳴聲." 我曾經遊事之苦, 不能不以之共鳴焉.

丙申 六月 八日

　이번 학기에 중국유학생 장숙정군 한사람을 데리고 수업을 진행하였다. 매주 서너 수의 시를 보이게 하여 고치기도 하고 교정도 하였다. 장군은 기이 평측을 알지만 평측에 구애되지 않고 마음껏 짓는데 문맥이 유려하고 시상이 뛰어나 때 없이 절로 놀랬다.

　오늘 종강을 맞아 한 수를 제시했는데 그 중에 "타향의 일 온갖 몽땅 좋아도 고향의 새 지저귀는 소리만 못 하구나"라고 하였다. 내 일찍이 유학의 고통을 경험한지라 이에 공감하지 않을 수 없었다.

병신년 6월 8일

多苦異邦爲異客　남의 나라 나그네 생활 많은 괴로움
固難忍受苦愁腸　실로 쓰디쓴 애수 참아내기 어려워라
萬般雖好心雖悅　모든 것이 비록 좋고 마음 비록 즐거워도
莫比家調菜飯床　집에서 차려준 푸성귀 밥상만 할까

他鄉重二萬

不如早返鄉

服好馬鳥新鄉

了酉秋

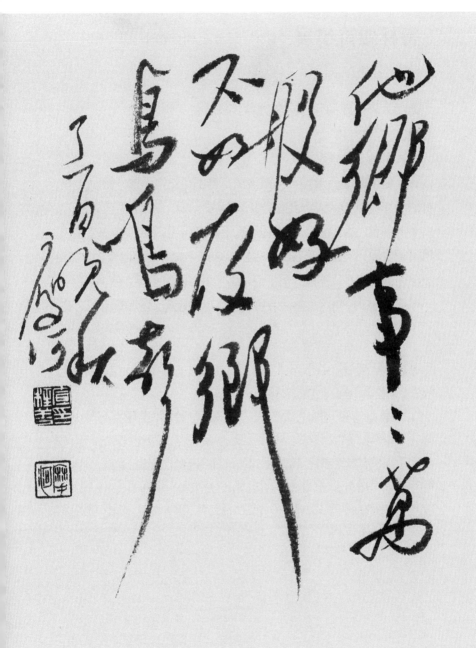

寄林如首尔展 <small>임여 서울전에 부쳐</small>

浙江大學校林如教授擧辦書藝展於耕仁美術館, 命之曰, 游目經典.

觀其書品, 篆勢圓勁而疎朗, 旣爲典雅, 分韻方折而拙厚, 卽成高古, 草情飄逸而飛動, 胸襟流出, 楷則平正而精緊, 纖而一格, 行法流麗而妍秀, 淸新可愛.

大抵書者, 隨年逐日, 人書俱老, 而今纔不惑之初, 其十分盡善, 何可望之哉! 況且爲異客, 惡劣粗況之餘, 偸閑而遑遑作之, 那得發揮而盡技倆乎! 然而, 信手而從吾所好, 識字自娛, 何羨之有.

今番玉展, 於轉落末藝之我國書壇, 足爲龜鑑, 豈非擊掌稱之也.

丙申 六月 十八日

절강대학 임여교수가 서예전을 경인미술관에서 개최하였는데 이름하여 '경전에 눈을 놓다(游目經典)'이다.

그 서품을 보니 전서는 필세가 둥글고 굳세며 또렷하여 이미 전아하다. 예서의 운치는 각을 내고 꺾었는데 졸박 후중해 곧 고고함 이루겠다. 초서의 정취는 표일히 비동하여 흉금이 흘러나온다. 해서의 법은 반듯하면서도 정세하고 긴밀하고 섬약하면서 일격이다. 행서의 법은 유려하면서 곱고 빼어나 맑고 새로운 것이 가히 아낄 만하다.

대저 서예란 글씨와 그 사람이 같이 익어가는 것 이제 겨우 사십 초반에 그 십분을 어찌 바라겠는가. 더욱이 나그네 되어 열악한 조건 속에서 짬 내 급히 썼을 터 어찌 발휘하여 기량을 다했겠는가. 그렇지만 손에 맡기어 자신이 좋아하는 바를 쫓고 글을 훤히 알아 자오한다. 무슨 부러움이 있었겠는가.

　이번의 전시는 족히 우리 서단의 말예에 전락한 바에 귀감이 될 것이다. 어찌 박수쳐 칭찬하지 않으랴.

병신년 6월 18일

間架圖新風度雅	간가는 새로움 꾀하고 풍도는 우아하고
纖姸畫似發香蘭	섬세하고 고운 획 향기 발하는 난이어라
孤高分篆觀心相	고고한 예서 전서에서 심상을 보고
自露胸襟行草間	행초 간엔 흉금 절로 드러났구나

再開百日紅　백일홍이 다시 피다

去年暮春, 播種百日紅於盆, 三月見華, 而享眼福, 秋日落子, 今春發芽叢叢. 是以, 移植十餘大小之盆, 方開紅黃兩苞, 其光鮮艶. 明年亦然, 內心欣欣, 然, 劉希夷云, "年年歲歲花相似, 歲歲年年人不同", 每感於斯也.

丙申 六月 二十日

지난해 늦봄 백일홍을 분에 씨 뿌려 세 달을 꽃을 보며 안복을 누렸는데 가을에 씨 떨어져 올봄에 무더기 싹이 났다. 그래서 열개 남짓 크고 작은 화분에 옮겼는데 바야흐로 붉은색 노란색 두 송이가 펴 그 빛깔이 곱고 요염하다. 내년에도 그러할 터라 내심 흔흔하지만 그러나 유희이가 말한 "해마다 해마다 꽃은 똑같은 모습이어늘 해마다 해마다 사람모습 다르고나"한 것을 매양 이에서 느낀다.

병신년 6월 20일

年年百日紅　해마다의 백일홍
含露再玲瓏　머금은 이슬 다시 영롱하다
自見花相似　화상사(花相似) 절로 드러내는구나
嘲啁人不同　인부동(人不同)을 조롱하듯

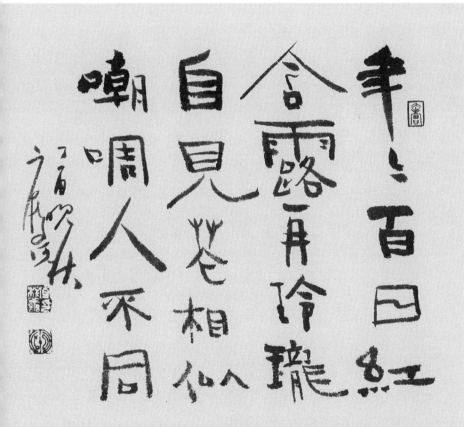

望杏下欄杆

난간에 살구가 떨어지는 것을 바라보며

山房北窓外, 有二十年生杏樹, 春日花開而麗, 仲夏果落成趣.
比來連日, 核果落於平牀, 下而撞板, 則恰似鼓聲, 望其落果之
狀, 使連想母鷄生蛋.

凌晨聽其聲, 拂曉看其形, 另外耳目之娛. 又其聚形如金卵櫛比
然, 爽目無盡, 不覺豐饒. 此亦爲山房之一景, 看過累年, 偶然欲
以記之, 以寫其情景, 幷賦二首矣.

丙申 六月 二十一日

산방의 북창밖에 스무 해 된 살구나무가 있는데 봄날이면 꽃피어
곱고 여름엔 과실 떨어져 멋을 이룬다. 요즈음 연일 과실이 평상에
떨어진다. 떨어져 판자에 부딪히면 마치 북소리 같고 그 모습을 바라
보면 닭이 알 낳는 것을 연상케 한다.

꼭두새벽엔 그 소리를 듣고 날 밝으면 그 모습을 보는 것이 또 하
나의 귀와 눈의 즐거움이다. 또 모여 있는 모습이 마치 황금알이 즐
비한 것 같아 보기 좋음 그지없고 나도 모르게 풍요해진다. 이 또한
산방의 한 경치인데 수 년 간과하다가 우연 기록하고 싶어 정경을 쓰
고 아울러 시 두 수를 짓는다.

병신년 6월 21일

1)

杏樹扶疎長	무성히 자란 살구나무
年年果自黃	해마다 노오란 열매
照窓金卵似	창에 비치는 황금알 같아
不忍取酸嘗	차마 맛볼 수 없다.

2)

杏下撞平牀	살구 평상에 떨어져 부딪치면
聞如高雅鏜	마치 청아한 종고소리 듣는 듯
何無全韻披	어찌 전운(全韻) 펼치지 않아
猶豫搜枯腸	시 짓는 것 미루오리

結舌而聽 입 닫고 듣기만 하다

文化財廳有形文化財課召集動産文化財國寶寶物指定基準檢討
會議於國立古宮博物館. 爲之, 與辛承云·李源福·安貴淑·金廷禧·
朴銀順·鄭濟奎·孫永文等委員共十五人同參焉.

　於是, 對於指定基準類形國家指定文化財指定基準 韓中日間指
定基準比較等等, 任意以發表各自見解. 辛承云先生壓倒座中, 每
吐一說, 令人共感. 我只緘口結舌而聽之而已, 初無渓識, 亦懵行
政故也. 玆後續開屢次云云, 把握而熟悉情況, 而後欲一說也已,

丙申 六月 二十三日

　문화재청 유형문화재과가 동산문화재국보 보물지정기준 검토회의
를 국립고궁박물관에서 소집하였다. 이를 위해 신승운 이원복 박은
순 정제규 손영문 등 위원 모두 열다섯 분과 동참하였다.

　이때에, 지정기준유형 국가지정문화재 지정기준 한중일간 지정기
준비교 등등에 대하여 임의로 각자견해를 발표하였다. 신승운 선생
이 좌중을 압도하여 일설을 토할 때마다 공감케 하였다. 나는 입 꼭
다물고 들을 뿐이었는데 애초에 깊은 지식도 없고 사무행정에 어둡
기 때문이다. 이후 몇 차례 속개한다고 하니 파악하여 정황을 잘 안
이후에 한 마디 하리라.

병신년 6월 23일

設或聊知凡趣旨　설혹 취지를 좀 안다고 해도
誤爲空話莫如聽　쓸 데 없는 말 하느니 들음만 못하리
當初事務關心外　애당초 사무행정엔 젬병이니
本我書家遲鈍情　본시 나같은 서가의 굼뜬 실상일레

聞瀾濤散人名譽退職之訊

란도 산인의 명예퇴직 소식을 듣고

瀾濤散人於群聊曰, "助敎送文字而云, 已來退職承認公文, 又曰今日能以輕鬆之心飮米酒, 早晚擺以自慶宴, 謹求款鸞."

散人時時吐露基督敎所籠罩其首尔女子大學行政之愆, 而表明不滿, 又常歎吁學生水平日益低下而無以起興. 尤因以女子大學, 終無有學述承繼, 寂寞無已, 亦恒四伏性醜行之危云爾. 誠其勇斷可以理解.

噫, 我亦嘗懷是心, 而終不果. 苟六十以前定斷, 則不視廢科慘狀, 亦迎臨池小成, 今也悔亦不及, 徒費脣舌也.

丙申 六月 二十四日

란도산인이 단톡에서 말하기를 "조교가 문자를 보내서 이르기를 이미 퇴직승인 공문이 왔다고 한다"라 하고, 또 '오늘은 능히 가벼운 마음으로 막걸리를 마실 수 있겠다'하면서 "조만간 자축연을 열 터이니 발걸음 해 달라"고 하였다.

산인은 때때로 기독교에 휩싸인 서울여자대학교 행정의 허물을 토로하면서 불만을 나타내었고, 또 늘 학생수준이 날로 저하하여 흥이 나지 않는다고 탄식하였다. 더욱이 여자대학이라 끝내 학술승계가 없어 적막함을 그만둘 수 없고, 또한 성추행의 위험이 항상 도처에 도사리고 있다고 말하기도 하였다. 실로 그 용단이 이해가 간다.

아, 나 또한 이 마음을 품었건만 끝내 이루지 못하였다. 만약 예순 이전에 결단을 내렸다면 폐과의 참상도 보지 않았을 것이고 또한 글씨의 소성도 맞았으련만, 이제 후회해도 미칠 수 없고 말해 보았자 소용없다.

병신년 6월 24일

1)

名譽退休庠序連　대학가에 이어지는 명예퇴직
萬殊曲折莫能言　만 가지 곡절 다 말할 수 없다
日關閑事羈胸次　쓸데없는 일들 흉금을 얽매고
時遇難題置眼前　난제들이 안전에 놓인다
就業無方常疚歎　취업에 방법 없어 면구스럽고
醜行有驗已蔓延　성추행 위험 만연되어졌다
從來自願惟求事　여태 내 오직 원하던 일이었건만
無奈有終滿限年　정년까지 채울 수밖에 없다

2)

我嘗名退心思在　내 일찍이 명퇴에 마음 두었었는데
日月蹉跎已十年　세월만 허송 이미 십년이어라
向校怨何無赧臉　학교 향한 원망에 얼굴도 붉히었고
對生愧奈有酣眠　학생 대하기 부끄러워 단잠인들 잤겠는가
來臨晚節今尤重　만절에 이르러 지금이 중요하니
殘剩時光日更憐　남은 시간이나마 날로 더욱 아끼고
泯鬱消愁迎轉換　우울 근심 다 버리고 전환 맞아서
心頭一向亮明專　줄곧 마음 밝기를 오롯이 하리라

游忠州堤下石田 충주 댐 아래에서 놀다

時卽雨季節候, 幸得晴天, 與藥山·霧林·菖石·滿谷·韻亭等五位, 尋忠州而遊兩日.

昨晚淸醉而玩碁, 不知寅時, 暫睡而起, 隔房韻亭李南順女士具備茶具而來, 烹名茶老班章·氷島·大紅袍等以供之. 連飮屢杯, 宿醉盡除, 不覺提神, 方知淸茶之效.

少焉, 適牧杏里堤垾之下石田. 美石不在, 而風淸水明, 只是濯足萬里水而歸. 大抵探石本爲運動, 何管石之有無. 今次, 新知名茶之效, 又能以保健如此, 時覓江邊, 良非徒然之事也.

丙申 六月 二十六日

때는 장마철인데 다행히 맑은 날을 만나 약산 무림 창석 만곡 운정 등 다섯 분과 충주를 찾아 이틀을 놀았다.

어제저녁 맑게 취해 바둑 즐기느라 새벽이 된지도 모르다가 잠깐 졸고 일어났는데 옆방에 있던 운정 이남순여사가 다구를 갖추어 와서 명차인 노반장 빙도 대홍포 등을 데워 베풀었다. 연속해 여러 잔 마셨는데 숙취가 다 사라지고 정신이 어느새 들어 비로소 맑은 차의 효능을 알았다.

얼마 있다가 목행리 댐 아래 돌밭을 찾았다. 쓸 만한 돌은 없지만 바람 맑고 물 맑아 단지 탁족만 하다가 돌아왔다. 대저 탐석은 본래 운동을 위해서 인즉 돌의 유무를 따지겠는가. 이번에 명차의 효과를 새로 알았고 또 건강을 도왔음이 이 같으니 때로 강변을 찾는 것이 실로 한갓의 일이 아니다.

병신년 6월 26일

契友加娟面　벗님에 고운 얼굴 더하여
閑來牧杏鄰　목행리 인근을 한가히 왔다
茶香尙未盡　차 향기 아직도 맴도는데
淸風絕紅塵　청풍은 티끌 끊었구나
名石皆已泯　좋은 돌 이미 다 없어지고
堤岑旣三旬　댐만 우뚝 30년
與其貪渣滓　찌꺼기 돌 탐하느니
寧以補健身　차라리 건강이나 챙기자
光脚溫熱石　발 벗고 뜨거운 돌에 덥혀
泡在寒水濱　찬물에 담구면서
洗心濯垢足　마음도 닦고 탁족도 하여
隨流去舊陳　물길 따라 묵은 때 다 보내니
安閒兼自樂　편안히 한가하고 절로 즐거워
恰如世外人　마치 세상 밖 사람이어라

思成大大學院儒學科之功

성균관대대학원 유학과의 공로를 생각하며

昨日有成均館大學校大學院儒學科東洋哲學專攻博士論文終審,
與友山道下石芝靑士等四位委員, 使三人通過, 白浩子·李順玉·金
允珠等出願者是也.

每臨評審, 頗驚院生功夫之周, 又歎敎授指導之密. 而或有解釋
未盡之處, 常爲小病, 拙之所擔, 在乎櫛訂其飜譯引用文之誤, 聊
以微力加之矣.

夫其院生卽大致爲書藝有關者, 進入此系, 則不得不修經學, 而
過屢年, 關注問學, 可謂樹人於無知書壇. 然, 比其努力之勞, 用
處殆無, 豈非一喜一悲. 而此將爲底力, 及時大用, 但以致謝耳.

丙申 六月 二十九日

어제 성균관대학교 대학원 유학과 동양철학전공 박사논문 종심이
있어 우산 도하 석지 청사 등 네 분 심사위원과 세 사람을 통과시켰
다. 백호자 이순옥 김윤주 출원자가 그들이다.

매번 심사에 임해 자못 원생들 공부의 주도함에 놀라고 또 교수지
도의 치밀함에 감탄한다.

혹 해석에 미진한 곳이 있어 늘 흠이 되기는 하지만 내가 인용문
번역의 오류를 고치는 것을 담당하여 아쉬운 대로 미력을 더한다.

무릇 원생들은 대체로 서예 유관자들인데 이 과에 입학하면 부득불 경학을 닦으며 누년을 보내면서 학문에 눈 뜬다. 가히 무지한 서단에 사람을 키운다고 이를 만하다. 그러나 노력의 결과에 비해 쓸데가 거의 없으니 어찌 일희일비가 아니겠는가! 그래도 이것이 저력이 되어져서 때에 미쳐 크게 쓰일 터 다만 감사할 뿐이다.

병신년 6월 29일

系云學部令消滅   학부에선 과를 없애려 하는데
儒學攻書謝不勝   유학과의 서예전공 고마움 어찌 다 말하리
勿說徒然多博士   많은 박사 배출 소용없다 말하지 말라
後牽書界復須興   훗날 서단의 부흥을 이끌 터이니

後記

어언지간 열 번째 시집이다.

시도 문장도 늘 지지부진이 부끄러울 뿐이다.

항상 내 글공부에 지남이신 江宇 朴교수 浣植선생님께 그지없는 감사의 마음을 올린다. 아울러 입력과 교정을 해준 平川 李月善여사가 더없이 고마웁다.

또 출판을 허락해준 서예문인화 李洪淵사장님과 편집을 도와준 牟瑜貞님께도 깊이 감사드린다.

아미타불!

2017년 11월에 一杯子 쓴다

저 자 와 의
협 의 하 에
인 지 생 략

2017년 11월 25일 인쇄
2017년 11월 30일 발행

著　者 마 하 선 주 선

발 행 처 ❧ ㈜이화문화출판사
등록번호 제 300-2015-92호
주　　소 서울시 종로구 사직로 10길 17 (내자동 인왕빌딩)
전　　화 02-732-7091~3 (구입문의)
F A X 02-738-5153
홈페이지 www.makebook.net

값 9,000원